안녕♡바오

안녕♡바오

펴 낸 날/ 초판1쇄 2024년 5월 5일
　　　　　초판2쇄 2024년 6월 5일
지 은 이/ 박남준

펴 낸 곳/ 도서출판 기역
편　　집/ 책마을해리

출판등록/ 2010년 8월 2일(제313-2010-236)
주　　소/ 전북 고창군 해리면 월봉성산길 88 책마을해리
　　　　　경기도 파주시 회동길 363-8 출판도시
문　　의/ (대표전화)070-4175-0914, (전송)070-4209-1709

ⓒ 박남준, 2024

ISBN 979-11-91199-93-2 03810

안녕♡바오

내 친구 어린 바오밥 나무에게

박남준

ㄱ

바오밥 나무에 내려온 별들이 유혹했다

사막이 자욱한 날들 바오밥 나무에 내려온 별들이 유혹했다. 앞마당에 왕마사토를 깔았다. 그때부터였다. 부르지 않아도 마땅히 그랬을 텐데 꿈꾸었으며 그 꿈을 같이한 이들과 마다가스카르 바오밥 나무를 여행했다.

바오밥 나무가 내 안에 메아리쳤다. 이명을 일으켰다. 속절없구나. 나는 충분히 바오밥 나무의 말씀에 병들었으며 이렇게나마 쓰지 않으면 안 되었다. 딱 여기까지다. 원고를 넘기며 쓸개를 뺀다. 재주 없는 문장을 탓한다.

원고를 넘긴 후 보낸 원고가 너덜거리도록 퇴고를 거듭했음에도 따뜻하게 지켜봐준, 나 살고 있는 지리산 같은 품 안의 인내심으로 기다려 준 출판사에 감사드린다.

사진으로 담을 수 없는 풍경이 있었다. 불편한 여행을 완주한 이들이 바오밥 나무에 내려오는 별들의 은하수, 그 별빛 초롱초롱한 아이들을 담아 더불어 책갈피를 빛내주셨다. 고맙습니다. 또한, 나눠드린 바오밥 나무 씨앗을 심고 키우며 아이들의 일기를 주신 얼굴을 떠올린다. 야~ 박봉남, 김태영, 강재현, 곽재환, 이현주, 박봉한, 이 이 고마운 이름들아~.

심원재에서 박남준

차례

098 "눈을 감았다. 첫 입맞춤을 했다.
나무의 깊고 오랜 슬픔과 사랑이 내 몸을 물들였다."

113 "울음은, 눈물은,
영혼의 깊고 깊은 곳에서 나오는 보석 같은 것이어서
소금보다 빛나고."

131 "그 아이들이 아프리카
마다가스카르의 어린 왕자임이 틀림없어."

157 "우리는 모두 연결되어 있어.
너의 슬픔이 나에게, 너의 외로움과 쓸쓸함도
나에게 연결되어 있지.
내가 너를 얼마나 사랑하는지도 이내 알게 될 거야.
거봐 그래. 벌써 알고 있었던 거지. 바오!!!" ♡♥♬~

"뭐라고? 바오밥 나무 씨앗은 위험한 것이라고?
도대체 그게 무슨 말이야.
어린이들에게 바오밥 나무를 조심하라니."

아무래도 생텍쥐페리를 고발해야겠다. 바오밥 나무를 무고한 죄, 세상에 나온 모든 『어린 왕자』 책을 회수하라고, 하루빨리 잘못된 내용을 수정하라고 말이야.

— 생텍쥐페리는 세상에 출간된 모든 『어린 왕자』 책을 회수하라!

— 생텍쥐페리는 『어린 왕자』에 나오는 바오밥 나무 내용을 수정하고 바오밥 나무에게 사과하라!^☆

『어린 왕자』를 읽은 사람들이 대부분 잘못 알고 있는 식물학적 거짓말이 있다. 바오밥 나무에 대해 아주 몹쓸 심각한 왜곡을 하고 있다는 것이다.

이 책은 그 오해를 바로잡기 위해 쓴 일종의 짭짤하면서도 심심한 보고서이다. 나는 왜 바오밥 나무를 보러 가기 위해 꿈을 키웠을까.

이 책은 또한, 바오밥 나무 씨앗을 가지고 와서 심고 키우며 알게 된 작지만 놀라운 비밀, 어린 바오밥 나무 바오와 나눈 짧은 기록이라는 것을 먼저 밝혀둔다.

발걸음 소리를 기다리는 아이들이 있다.

제주도에서 이사 온 개울가 흩꽃 흰동백나무와 돌절구에 사는 우포늪 가시연꽃, 그리고 여기 살기 시작하며 심은 비파나무와 치자나무, 붉고 흰 해당화와 폭죽처럼 햇살을 터트리는 산수유, 물방울무늬 쪽빛 치마를 입은 수국 아가씨와 수줍은 깽깽이풀, 황금빛 눈새기 꽃이 내년 봄을 기다리며 꽃이 진 빈자리와 붉고 푸른 청동빛 씨앗 주머니를 찬란으로 열어젖힌 산작약과 진노랑 상사화와 백양꽃과 흰 위도 상사화와 희고 붉은 모란이며 보랏빛 대청 범부채와……

뜰 앞에 그 아이들의 불평 소리가 심상치 않다.

이해한다. 내가 요즘 눈길 한번 주지 않기 때문이다. 명백한 편애다. 편애라고 눈 흘겨도 할 말이 없다.

아니 뭐 애들을 전혀 바라보지 않는다는 말은 아니다. "잘 잤나?", "잘 잤어?", "응 그래, 잘 잤니?" 인사를 하기는 한다. 그런데 뭐 영혼이 없다나 뭐라나. 애들을 대충 쓰윽 지나치며 안부를 전하러 가는 아이로 인해서다.

"바오, 안녕?"

그 아이의 이름이 바오다. 바오가 누구냐면 바오는 어린 바오밥 나무다.

우리 집에는 어린 바오밥 나무, 바오가 살고 있다. 거기가 어디냐고요? 맑고 푸른 섬진강이 흐르는 지리산 자락 하동 하고도 악양 산골에 있는 동쪽 매화마을, 동매마을인데요.

내 친구 어린 바오밥 나무

사람들이 묻는다.

'저건 무슨 나무예요? 아니 그『어린 왕자』에 나오는 바오밥 나무 말이에요? 아프리카 아니에요? 우리나라에서도 살 수 있다고요? 엄청 크다는데……. 그런데 선생님, 꽃밭에 스스로 자라는 애들은 키우지만 화분에 돌봐주어야 하는 애들은 안 키우신다고 했잖아요.'

마치 미리 준비한 듯 질문거리를 퍼붓는다.

"네, 화분에 있는 쟤 이름은 아직 바오인데요. 그게 그러니까 어떻게 된 일이냐면요……."

우여곡절 지인들 덕분으로 전주 모악산에서 지리산으로 이사를 왔다. 20년 전 일이다. 마당에 폐허처럼 우거진 풀들을 뽑아내고 돌가루(석분)를 깔았는데 10여 년이 지나자, 풀들이 여기저기 대책 없이 돋아나오기 시작했다. 보기에는 좋으나 그런 번거로운 일이 없을 잔디밭으로 앞마당을 만드는 것은 상상도 하기 싫고, 시멘트로 덮을까? 그 또한 고개를 절레절레 흔들었다. 그렇다고 굳이 환경문제 어쩌고저쩌고를 생각하지 않아도 제초제는 칠 수 없고, 뾰족한 수가 없을까? 매일 풀들을 뽑아내기도 지쳐서 방법을 쥐어짜다가 왕

왕마사토 깔기 전(왼쪽)과 후

마사토를 깔았다.

손톱만 한, 그러니까 굵은 모래 조각들이었다. 그런데 이 왕마사토를 마당에 고루 깔고 몇 걸음을 떼자 '사각사각', '사그락사그락' 거리는 소리가 나는데, 내 귀에는 그 소리가 '사막사막' 소리로 들리는 것이다. 아니 사막이라니, 사막이라고? 나는 갑자기 불시착한 비행사와 어린 왕자가 생각났다.

방으로 들어갔다. 책상 앞에 앉았다. 사막, 선인장, 어린 왕자, 별, 사막여우, 장미, 바오밥 나무, 아 그래 그 기괴하게 생긴 바오밥 나무, 바오밥 나무가 정말 있을까? 어린 왕자의 별을 괴롭히던 괴물 같은 바오밥 나무를 떠올리며 인터넷을 검색해 보았다.

마다가스카르 다큐멘터리가 나오고 바오밥 나무라는 것이 화면에 나온다. 아 아 아니, 저 저 저 저게 뭐야. 나는 화면을 다시 되돌리고 되돌려 보다가 정지시켰다. 같은 장소에서 낮과 밤이 오는 시간을 찍고 빠르게 재생시킨 두 장면을 핸드폰에 담았다.

바오밥 애비뉴 낮과 밤 영상 캡처

바오밥 나무가 저렇게 생겼다니. 나는 왜 여태껏 바오밥 나무가 동화 속에 있는 상상으로 그려낸 나무라고만 생각했을까. 호기심도 없었나? 사전을 찾아보려는 생각도 해보지 않았다니. 자리에서 일어나 뒷방 책장에 불을 켰다. 어디 있나, 어디에 꽂아두었을까. 한참을 뒤졌다. 중얼중얼 숨바꼭질 놀이가 떠올랐다.

무궁화 꽃이 피었습니다. 무궁화꽃이~~~. 못 찾겠다. 못 찾겠다. 꾀꼴♪~꼴♪~.

찾았다. 『어린 왕자』를 찾아 펼쳤다.

『어린 왕자』에 나오는 바오밥 나무 삽화

그런데 왜 생텍쥐페리는 바오밥 나무를 이렇게 그렸다지? 무슨 이유로 어린 왕자에게 바오밥 나무를 이처럼 괴상하고 몹쓸 나무라고 말해줬을까?

마다가스카르 다큐멘터리에 나오는 바오밥 나무들은『어린 왕자』에 나오는 바오밥 나무들과 너무나도 달랐다. 단연코 달랐다. 충격적으로 달랐다.

"그립다는 말은 누군가를 향하여 피워 올린
오랜 날들의 기다림이 이윽고 깊어졌다는 것이다."

바오밥 나무를 보고 싶었다. 생텍쥐페리가 바라본 어린 왕자의 골칫거리였던 바오밥 나무가 아니라 그리스, 로마 신전들의 거대한 기둥 같은, 무량수전 배흘림기둥 같은 신비한 나무들, 저 우주의 별들과 교신하는 커다란 안테나 같은, 록 그룹 다이어 스트레이츠(DIRE STRAITS)의 온 더 나잇(ON THE NIGHT) 앨범 표지에 나오는 그런 이미지의 바오밥 나무를, 어느 외계 행성에서 지구에 불시착한 듯한, 이상하고 신비한 이야기를 잔뜩 품고 있을 나무를 보고 싶었다.

시를 쓰다가 잠을 자려고 누웠는데 어 저거 뭐야. 여우잖아. 천장에 보이는 얼룩진 무늬가 틀림없는 사막여우다.

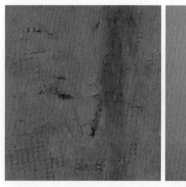

천장에 나타난 무늬와 그걸 그려보았더니 사막여우 같았다

18

꿈을 꾸면 바오밥 나무가 나를 들어 올려 목말을 태워주는 장면이 나오기도 했다.

'내게 오지 않겠니, 내게로 와. 너를 기다리고 있어. 어서 말이야. 어서.'

꿈결인 듯 누가 나를 부른다. 누구야? 이명처럼 희미한, 아련하게 흔들리며 다가오는 전언이 내 녹슨 안테나에 접속되고 있었다. 잔뜩 녹슨 안테나를 꺼내 닦았다. 그리하여 꿈꾸기 시작했다.

우리나라에도 한택식물원, 한밭수목원, 세종수목원 등 몇 군데 온실에 바오밥 나무가 살고 있다고 했다. 제주도 여미지식물원으로 찾아갔다. 처음 만났다. 그렇게 보고 싶었는데 반가운 인사가 나오지 않았다.

동물원의 우리 안에 갇혀 야성을 잃어버린, 바람에 드날리는 그 멋진 갈기가 초라하게 바랜 볼품없는 사자 같았다. 이렇게 이런 곳에서 널 보고 싶지 않았는데, 아프리카 초원에 내가 키 발을 딛고 두 팔을 벌려 한껏 그 높이와 둘레를 가늠해 보는 나무를 상상했는데…….

지구상에는 바오밥 나무가 모두 9종이 살고 있다는 걸 알았다. 그중 1종이 호주에 살고 6종이 마다가스카르에 있으며 나머지 2종이 아프리카 대륙에 있다고 했다. 여기저기 전화했다. 묻고 물었다. '마다가스카르에 가고 싶다고요? 그러니까 바오밥 나무만이요?' 여행 경비가 만만치 않았다.

『어린 왕자』에 나오는 사막여우가 어린 왕자와 헤어질 때 했던 말이 떠오른다.

"내 비밀은 이거야. 아주 간단해. 마음으로 보아야만 잘 볼 수 있어. 가장 중요한 것은 눈에 보이지 않아."

나도 사막여우처럼 내 비밀을 말해줄까? 소원을 이루는 방법 말이지. 그런데, 간단하지만 간단하지가 않았다.

말처럼 쉬운 것은 없지. 소원을 이루는 방법 말이야.

"내 비밀은 어떤 일에 대해 최선을 다한 후에 드리는 간절한 기도 같은 거야. 정말이지, 그 과정이 중요해. 내가 볼 때 뭐 소원이 이뤄졌으면 더 좋겠지만 이루어지고 이뤄지지 않고는 그다음 일이야."

대중교통을 이용하기 때문에 너무 먼 곳에서 요청이 오는 강연은 죄송하다며 정중히 거절하고는 했는데, 허겁지겁 배고픈 사람처럼 여기저기 강연을 다니기 시작했다.

겨우겨우 여행 경비를 마련했다. 그런데 세상이 발칵 뒤집혀 버렸다. 마치 지구상에 종말이 온 것처럼 역병이 창궐했다. 그래 이렇게 인류가 멸망하기도 하는구나. 그래도 다행이다. 이 종말의 시대에 시인으로 살고 있으니, 내 눈으로 손과 발, 온몸으로 증언할 수 있으니, 아직 죽음이 내게 찾아오지 않았으니, 살아있으니 써야지. 그리하여 시를 썼다.

사라진 순서

꽃의 시간이 있었다

차례 같은 것 말이야

얼음새꽃이 피고 매화가 산목련이 피는

순서 같은 것 말이지

다투지 않고 기다리는 찬란

이젠 한꺼번이야 뒤죽박죽

미쳤어 계절도 마찬가지야

낡은 시집을 펼치면

책갈피를 채우던 비밀의 정원에 있었지

소녀의 창백한 이마를 떠올리던

제비꽃이 늦가을에 피고

물방울 치마처럼 바람을 부르는 코스모스며

개나리와 철쭉은 겨울에도 철없이 익숙해졌지

혼란하나 신기하지 않아

판박이로 쏟아지는 아이돌들의 얼굴이

TV 속에 요란하네

세상의 한쪽은 기아와 가뭄으로 죽어가는데

여기와 저 건너

태풍과 물난리의 홍수와 때아닌 폭설이 퍼붓고

눈을 뜨니 내 집 앞은 전쟁의 복판

지옥도가 펼쳐지네

날벼락의 폭격으로 처참하네

바로 너희들 인류가 저지른 일이라고

제발 입 좀 닥치고 가만있으라고

입마개를 씌우는 역병이 세상을 휩쓰는데도

더 많은 탐욕으로 번들거리는 식탁을 위해

지상의 푸른 숲들은 요술처럼 시계에서 사라지고

멸망으로 가는 욕망은

머리맡에 원자로를 두고도

가속페달을 밟으며 멈출 줄 모르네

공룡 매머드 도도새 독도 강치

다음은 뭐 말 안 해도 뻔하다 누구 차례

어찌해야 하나. 코로나19, 하늘길이 막히고 나라마다 입국을 거절하느니 마느니, 여행길이 막혀버린 것이다. 며칠 고민했다. 뒤척뒤척 이 불로소득처럼 쓰이지 못한 여행비를 어디에 쓰나. 생각이 꼬리를 물었다. 여행도 못 가고 에이 으흠……, 어린이를 구호하는 자선단체인 〈세상과 함께〉와 〈사자후〉에 기부해 버렸다.

참고로 〈세상과 함께〉라는 단체는 판화가 이철수 형, 수경스님, 유연스님, 그리고 밝고 맑은 한의사 분들이 모여 만들었는데, 모든 활동가가 활동비를 전혀 받지 않고 일하는 곳이다. 〈사자후〉는 지금은 안성에 있는 참선도량, 활인선원을 맡고 계시는 금강스님을 따라 인도 다람살라 달라이라마 친견 법회에 갔다가 방문한 티베트 어린이 마을 학교와 인연이 닿아 만들어졌는데, 짧은 사연이 이렇다.

다람살라에 도착한 첫날 밤이다. 잠을 청하는데 조금 보태어 말한다면 내가 묵은 호텔 창 앞에 다람살라의 모든 개들이 모여들어 울부짖어 대는 것이다. 잠을 제대로 잘 수 없었다. 어찌 욕이 나오지 않을 수 있을까. 으아 이런 젠장 된장 울트라 대마왕 시 블루스 개 엑스…….

다음 날 아침 뜬눈으로 지새우다시피 한 몸으로 달라이라마 친견 법회에 갔는데, 주제가 사랑과 자비였다. 모든 분란이 있는 곳에, 생명 있는 모든 것에 사랑과 자비가 필요하다, '사랑과 자비가 깃든 곳에 어찌 분란이 일어나겠는가?'였다.

법회를 듣고 오후에 일행 중 따로 몇 분과 티베트 어린이 마을에 갔는데 마침 길을 물어본 사람이 그 어린이 마을 학교장이었다. 그분을 따라 학교에 가서 이야기를 듣는데 울컥 치민다. 슬쩍 뒤돌아서 눈물을 닦다가 내심 부끄러워 얼굴을 손으로 가리고 돌아섰는데 아니 뭐야. 모두 고개를 숙이고 훌쩍거리고 있는 것이 아닌가.

겨울이었고 당장 아이들의 옷이, 특히 여학생들의 옷이 필요하다, 한국에서도 이런저런 단체들에서 옷이 오는데 보내온 물품을 찾으려면 인도의 행정기관에서 요구하는 비용이며 서류들이 터무니없고 복잡해서 찾아올 수가 없다, 오시

티베트 어린이 마을 학교 친구들과

어린이 마을 학생과 교장 선생님 그리고 순례단

는 분들이 옷을 껴입고 오셔서 벗어주시거나 가지고 오시는 것이 훨씬 도움이 된다, 그리고 그리고··

학교를 나오며 겉옷을 벗어주고 오는 사람들, 지갑을 열어 기부하는 사람들, 아이 참, 에이 그것참, 어쩌랴. 다람살라 일정이 끝나고 일행들과 헤어져 인도 바라나시에 가서 한 달쯤 살려고 꼭꼭 넣어둔 아끼고 아낀 봉투를 내놓을 수밖에.

그날 저녁 잠자리에 들자마자 어제와 마찬가지로 개 떼들이 그악스럽게 짖어댔다. 아, 저놈의 개 떼들! 그래, 생명이 있는 것에, 그 생명의 분란이 이는 곳에 사랑과 자비······.

문득 중학교 2학년 때 지독한 사춘기 성장통으로 자살하려는데 따라와서 미수에 그치게 했던 보스라는 이름의 개가 떠올랐다. 보스, 보스, 사랑과 자비.

길고양이 똥과 싸우다 얻은 위안

개 떼들 다 몰려왔나 다람살라의 밤 그악스럽게도 창가를 떠들어 댔다 내 안의 개 같은 무엇을 냄새 맡았나 새벽까지 설쳤다 달라이라마 친견 법회에 갔다 세상의 모든 생명 있는 것들에 필요한 것 사랑과 자비가 깃든 곳에 분란이 없다 하시네

밤이 왔다 어제의 개 떼들 합창을 시작했다 나 또한 구석처럼 몰렸으므로 필요한 것을 떠올렸다 음영이 낡은 산마루 지독한 사춘기에 사로잡힌 아이가 어른이 되려는 몸을 닫으려 뒷산 벼랑에 올랐지 그 막다른 기도를 두 번이나 막아주었던 개 이름이 불려 나왔다 입 안에서 달싹거렸다 창밖이 일제히 세레나데로 변주되었다

마당에 왕마사를 깔았더니 동네 길고양이들 떼거리로 몰려와 똥을 갈겨 놓는다 힘껏 돌을 내지르기도 칵 쥐약 놔버릴 거야 고래고래 으름장을 높이기도 했으나 문밖을 점점 고약한 분비물로 잠식시킨다 나무처럼 자라지 않네 사랑과 자비, 뒤치다꺼리하다 시 한 편 거뒀으니 위안을 대신할까

거짓말처럼 그날 밤 고요한 밤 거룩한 밤처럼 잘 잤다.

다람살라에 갔다 와서 그곳에 다녀온 사람들에게 아래와 같은 시를 보냈다. 그리고 시를 보내며 덧붙였다. '티베트 어린이 마을 학교와 작고 훈훈한 인연이 이어지고 지속되는 뭔가가 있었으면 좋겠네요.' 그랬는데 며칠 후 후원회가 만들어졌으며, 그 후원회 이름을 사랑과 자비 후원회, 〈사자후〉라고 했다는 연락이 온 것이다.

사랑과 자비 후원회, 그러니까 티베트 난민 어린이를 위한 〈사자후〉라는 단체며, 여기 또한 모든 활동가가 무료로 봉사하는 곳이다.

시원 섭섭, 그러나 잠자리가 이내 평화로웠다.

다람살라에 있다

사랑과 자비를 배우며 크는 아이들이 있네
떠나온 조국 먼 설산이 보이는 곳
지진으로 폐허가 된 인도의 변방
그 땅을 얻어 망명정부를 세운 곳에
먼저 아이들의 밥과 옷을 입던 아이들이

다음 아이들의 밥과 빨래를 해주는 학교가 있네

NEVER GIVE UP

결코 포기하지 않았던 스물다섯 살

청년 달라이라마가 마음을 세운,

나보다 먼저 다른 사람을 생각해요

교훈도 아름다운 학교에

굴렁쇠를 굴리는 내 어린 날 똑같은 아이가

운동장을 가로지르고 있네

TCV*, 다람살라 티베트 어린이 마을에는

빼앗긴 나라의 모국어로 세상을 껴안으려는

아이들이 산다네

설산을 넘어오다 부모를 잃은 아이들을 위해 시작한,

방학이 되어도 갈 곳이 없는 아이들을 위해

어머니가 되어주는 마을과 학교가 있네

티베트 아이들의 이야기를 알려주세요

그 학교를 졸업한 아이가 교장선생님이 되어

*TIBETAN CHILDREN'S VILLAGE-달라이라마가 다람살라에 세운 티베트 어린이 마을.

두 손을 모으네

따뜻한 사람들의 사랑과 자비를
함박눈처럼 퍼붓고 싶은,
빈자일등의 심지를 모아
불 밝혀주어야 할 아이들의 마을이
땅의 이름처럼 성자가 사는 집이라는
다람살라에 있네

생각이 짧았다. 내 피가 단무지, 그러니까 단순, 무식, 지
랄, O형이라는 것을 깜빡 잊었다. 그리하여 내 마음의 평화
는 오래가지 못하고 깨졌다. 코로나에 걸려 격리된 채 한동
안 고생했다. 그나마 한 달에 한 번 정도는 있어서 겨우겨우
생계비를 지탱하던 강연 일정도 모두 취소되고 사는 일이 막
막해졌다. 통장의 잔고가 2백만~3백만 단위에서 몇십만 단
위로 곤두박질치고 있었다.

어쩐다지. 두어 달 후면 만만치 않게 CMS로 빠져나가는
후원금도 못 내게 생겼는데, 정말이지 어떻게 해야 할까. 제
일 많이 기부하는 곳에 전화했다. 후원 금액을 낮출 수 있느

냐고 물었더니, 통장을 가지고 은행에 가서 직접 해야 한다는 것이다. 허 참 내가 사는 하동에는 그 은행이 없는데, 도시에 나가야 하는데, 한숨만 쉬며 꾸물거리고 있었다.

'산 입에 거미줄 칠까'도 아니고, 아예 이건 금 나와라, 뚝딱~ 도깨비방망이가 왔다 갔나 보다. 뭉그적뭉그적 며칠 후 거짓말 같은 전화를 받았다. 그 무렵 출판된 시집『어린 왕자로부터 새드무비』가 조태일문학상과 임화문학예술상, 이렇게 두 개의 문학상을 받게 되었다는 것이다. 아니 세상에 이런 일이, 빈집에 소가 한 마리도 아니고 두 마리가 연거푸 들어오는 일이 생겨버리다니. 아니 이런 젠장, 아니다. 이럴 때는 젠장이 아니구나. 이런 겹경사가^^.

고맙고 고맙습니다. 세상의 모든 인연께 감사드렸다. 그

임화문학예술상

조태일문학상

런데 다시 또 고민이 생겼다. 후원금이 빠져나가는 일뿐만이 아니라 전기세, 전화비 기타 등등에 대한 걱정을 면하기는 해서 안도했으나 감당할 수 없는 거금 오백만, 천만도 아닌 삼천만 원이 통장에 입금되어 있는 것이다.

잠자리가 뒤숭숭하네. 오랜만에 방문을 다시 걸어 잠그고 잤다. 며칠 고민을 또 반복했다. 그래 털어 버리자. 그래야 내가 편하다.

부엌 쪽에 밖으로 드나드는 문이 없어서 집에 온 손님들도 그런 말을 했고, 나 또한 여러 가지로 불편했으니 문을 하나 내달아야겠다. 문을 내는 비용을 남기고 여기저기 먼지처럼 털어버렸다. 곧 깨끗해졌으며 잠자리가 이내 다시 고요해졌다.

며칠 집 안팎이 시끄러웠으나 그 부산함이 끝나자 부엌 문이 생겼다. 부엌 쪽으로 마음에 아주 썩 드는 깊고 푸른 바닷빛 파란색 문을 여닫으며 마당으로 나가 코로나로 인해 세상 밖으로 나가지 못하는 마음을 달랬다. 한동안 문에 달린 창을 통해 바깥을 내다보거나 문을 열고 밖에 나가 창안을 호기심처럼 기웃거렸다. 아참 잘했다. 잘한 짓이다. 스스

부엌 문 시공 전(위)과 새로 만든 파란 부엌 문

로를 칭찬하며 어깨를 으쓱거렸다.

세상이 또 호들갑을 떤다. 마스크를 벗는다거니, 아직 이르다거니. 극성스러운 코로나도 풀이 꺾여 시들해졌다. 그런가 보다, 그런가 보다, 그랬는데, 아 마다가스카르, 하늘길이 다시 열리네. 가슴이 또 부풀기 시작하는데 이런, 이제는 이런 젠장, 이게 맞다. 젠장맞을 여행비가 없네. 강연 요청이 들어오길 하염없이 기다려야 하나. 언제 그 여행 경비를 다 마련한다지. 괜찮아, 될 거야. 마술처럼 곧 될 거야.

친구의 연락을 받았다. 오랜만에 같이 전시회를 하자는 제안이었다. '세 사람이 걸어왔다'라는 깃발을 들고 전업 화가인 동갑내기 친구 둘과 2년에 한 번씩 하던 전시회였는데 10여 년이 넘도록 중단한 상태였다. 두말하면 잔소리. 우왕~ 비명을 지르며 환영했다.

바오밥 나무를 그렸다. 그 바오밥 나무에 내려오는 별들의 하늘을 그렸다. 작품을 걸었다. 함께 전시하는 친구들이 그림값을 물었다. '뭐라고? 야, 그거 옛날 10년도 전에 그림값하고 똑같잖아. 우리도 같이 전시하는데 안돼. 수준이 있지. 품위 말이야, 품위! 품위는 스스로 지켜야지. 우리가 하라는 대로 해.' 그 친구들이 희망 그림값을 써넣었다.

그런데 아니 이럴 수가. 이 그림들이 다 팔린다면 여행가이드에게 알아본 경비와 거의 일치하는, 아니 그러고도 조금 남는 가격대였다. 흠칫 놀랐다.

한 점 남은 마지막 작품에 동그란 빨간색 딱지가 붙었다. 두 손을 모았다.

그 고마움을, 그 감사함에 대하여. 어느 날 페이스북에 이런 글을 올렸다.

바오밥 나무에 내려오는

별들의 밤하늘을 보러 갈 것이다

나무 아래 누우면

바오밥 나무는

가지가지 다가와

앉거나 서 있고 기대거나

개구쟁이처럼 물구나무로 매달려 부르는

별들의 노래를 들려줄 것이다

날마다 나는

이 바오밥 나무에서 저 바오밥 나무까지

걸어가고 걸어올 것이다

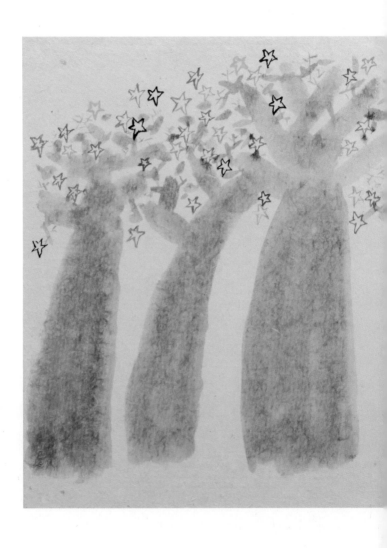

바로 밤 나무에 내리는
별들이 밤 하늘을
보여줄 것이다
나무아래 누우면
바로 밤 나무는
가지가지 다가서
익거나 시들고 깨어지나
개구쟁이 처럼
불구나무로 매달리며 부르는
별들의 노래를 들려줄 것이다
날마다 나는
이 바로밤 나무에서
저 바로밤 나무까지
걸어가고 걸을 것이다

2002. 시문진재

귀에 소근대듯이 아주 작은 소리로 노래했다. 마다가스카르 바오밥 나무에 내려오는 은하수에 발 담그러 갈 사람 내 새끼손가락을 잡을래요? 더디고 느리다. 썰물의 바다에 미끼는커녕 미늘도 없는 낚싯줄을 드리우고 있는 것 같다.

자리가 좋지 않나 다른 곳으로 옮겨봐? 그러니 얼마나 반가웠겠는가. 천천히 아주 느릿느릿 풍덩~ 같은 꿈에 빠져보고 싶다는 몽상가들이 손을 뻗어왔다. 물론 두어 사람이 급한 사정이 생겼다며 취소와 환불을 요구해서 한동안 낙망에 빠지기도 했다.

여행을 며칠 앞두고 심한 감기에 걸렸다. 감기약을 먹어도 효과가 없었다. 망설이다가 코로나인가 의심이 들어 검사했다. 조금은 아니 잔뜩 긴장했다. 눈을 감았다 떴다. 흐이유, 이건 안도의 한숨이다. 다행이다. 자가 진단키트에 빨간 줄이 딱 한 줄이다. 여행 하루 전 페이스북에 이렇게 띄웠다.

간다. 이건 내 실천 의지이며 꿈이다.
비록 잔기침이며 아직 방안에서도
목도리를 두르는 몸 상태를 염려하지만

이런 염천에 아궁이에 불을 때고

오늘 다시 병원에 가서 링거도 맞았으니

드디어 내일 마다가스카르에 간다.

마다가스카르행 비행기에 몸을 실었다. 두바이까지 갔다. 모리셔츠까지 갔다. 안타나나리보에 내렸다. 비행기를 갈아타고 또 갈아타고 세 번을 탄 끝에 마다가스카르에 도착해서 다시 작은 버스를 타고 달렸다.

멀고도 멀었다. 바오밥 나무를 향해 가는 길, 비포장과 아니 얼마나 오래되었는지 한차례 보수도 하지 않은 것 같은 낡은 포장길은 여기저기 패이고 무너져 내렸다. 우리는 덜커덩거리는 짐짝처럼 실려 갔다.

그런데 이상하다. 피곤할 텐데 이렇게 힘든 여행길인데 힘겨운 기색이 없다. 모두 눈을 반짝이며 달리는 차 창 너머로 다가설 꿈, 누가 먼저 바오밥 나무를 발견할까 호기심을 잔뜩 품은 소년과 소녀들이었다. 이쯤일까 저쯤일까 깜박거리는 궁금함도 꾸벅꾸벅 고개를 떨굴 무렵, 얼마나 기다리던 소원이었는가.

"다 왔어요. 여기서부터는 내려서 걸어야 합니다."

해가 지고 있었다. 숨이 턱 멎었다. 나를 마다가스카르에 오게 만들었던 바로 그 장면, 바오밥 나무 다큐멘터리를 보다가 화면을 정지시킨 뒤 찍어두었던 낮과 밤의 풍경 두 장, 그곳이 마다가스카르 어디에 있는 곳인지도 모르고 불에 덴 듯 이끌려서 열망하기 시작했는데, 그 밤과 낮의 사진 중에 한 장인 낮의 장관이 눈앞에 요술처럼 나타나다니……

사진 속의 장소, 바로 내 눈 앞에 펼쳐진 바오밥 애비뉴였던 것이다. 바오밥 나무숲 앞에서 한동안 나는 발걸음을 뗄 수 없었다. 두근거림과 설렘으로 일렁거리기는 했으나 결코 그것 때문만은 아니었다.

그 자리에서 그대로 다큐멘터리에서 보았던 화면이 되어 별들을 맞이하고 싶었다. 바오밥 나뭇가지에 초저녁 별들이 내려와 앉기를 기다리고 있었다. 찬란한 꿈으로 새겨진 은하수의 별들이 곧 저 바오밥 나뭇가지마다 쏟아질 것이라는 속삭임으로 마치 내 몸은 공중 부양을 하는 듯했다. 누가 내 귀를 이렇게 온통 설레는 귀엣말로 간질이고 있는 것이냐.

보면 볼수록 바오밥 나무는 참 이상하게도 생겼다. 저렇게 높고 굵은 나무에 비해서 가지들은 너무나도 터무니없이 짧고 몽땅했다. 이내 깨달았다. 바오밥 나무에게 묻지 않아

도 알 수 있었다. 그렇구나. 저렇게 키가 크고 몸통 줄기도 굵은데 가지들마저 드넓게 뻗어 그늘을 드리우고 있다면 다른 나무나 식물들이 고루 햇볕을 받을 수 없게 되었겠구나. 바오밥 나무의 깊고 따뜻한 배려였구나.

그렇게 서 있는 나를 보며 나무나 식물들에 아주 해박한 지식을 가지고 있던 김 선생이 지나가며 말했다.

"박 선생님, 그런데 『어린 왕자』에 나오는 바오밥 나무는 여기 마다가스카르에 있는 나무가 아니라 아프리카 대륙 세네갈에 있는 바오밥 나무라는 것은 아시지요?"

벌을 받아 하늘에 못 박혀 움직일 수 없는 어떤 별처럼 그 자리에 서서 나는 까마득히 잊고 있던 기억을 떠올렸다.

중학교 2학년, 작은 바닷가 마을에 사춘기를 지독하게 시작한 아이가 있었다. 처음엔 목소리가 이상해졌다. 그 아이가 그렇게 좋아하던 음악 시간이 지옥 같아졌다. 출석을 부르는 선생님의 소리에 대답하지 않고 손만 들고 있었다. 물론 끝내 대답하지 않았으므로 출석부로 몇 대 얻어맞기까지 했다.

아이는 또 음악 시간의 소동이 일어난 지 얼마 되지 않아서 머리에만 나는 머리카락이 몸의 여기저기 나 있는 것을 보고 소스라치게 놀랐다. 겁이 났다. 몹쓸 병에 걸린 줄 알았다. 죽을병이라고 생각했다. 혼자서 며칠을 끙끙 고민하다가 병을 앓고 죽기 전에 먼저 죽기로 마음먹었다.

집 뒷산에 올라갔다. 높은 바위 위에 서서 작은 포구 그 앞바다에 해가 지기를 기다렸다. 해가 뉘엿거렸다. 저 바닷속으로 해가 잠기면 뛰어내리는 거야. 무섭고 두려웠다. 눈물이 났다. 그렇게 해가 지기를 기다리며 울고 있는데 낑낑거리는 귀에 익은 소리가 들렸다. 깜짝 놀라 고개를 돌려보니 우리 집 커다란 개, 셰퍼드, 보스가 아닌가. 나를 보고 납죽 엎드린 채 꼬리를 흔들며 기어 오고 있었다. 어떻게 알고 여기까지 왔을까?

평소 같으면 그랬다. 학교에 갔다 오며 마당으로 들어서면 '컹컹' 하고 뛰어나와 두 발을 내 어깨에 걸쳐서 넘어뜨리며 장난하곤 했는데, 바위 위에 서 있는 나를 보고 그러면 안 된다고 낑낑대며 잔뜩 걱정한, 긴장한 표정을 지었다. 그만 바위에서 내려가 껴안고 엉엉 얼마나 울었을까. 결국 죽지 못했다. 그렇게 힘겨운 성장통을 앓으며 아슬아슬 위태롭게 소년을 벗어나고 있었다.

국어 선생님의 도움이 지대했다. 선생님의 배려로, 시집이나 소설책은커녕 동화책 한 권이 없는 법성포중학교 도서관이 아니라 선생님의 집에 가서 난생처음 산더미처럼 쌓여있는 책더미를 보며 놀란 입이 다물어지지 않았다.

선생님의 서재를 뻔질나게 드나들었다. 안데르센에서부터 워즈워드, 셰익스피어, 김유정, 이효석, 톨스토이, 헤밍웨이를 학교 수업 시간에도 꺼내놓고 읽었다. 늦잠꾸러기였던 내가 잠이 없어지고 있었다.

고등학교 2학년이 되었다. 『어린 왕자』를 보고 가슴에 되새긴 다짐이 있었다. '만약 내가 글을 쓰는 사람이 되면 동화 한 편은 써야지. 이건 내가 『어린 왕자』를 보고 받은, 언젠가는 꼭 되돌려줘야 할 감동의 빚이야.'

시인이 되었다. 어느 날부터 그 옛날 치기 어린 다짐이 칭얼거리며 따라다녔다. '동화 언제 쓸 건데? 언제 쓸 거냐니까? 야! 이 공수표 뻥뻥 날리는 뻥쟁이~.'

내 안의 내가 묻는다. 그런데 이 바오밥 나무들 앞에서 그 공수표 동화 생각은 왜 하는 거야. 뭐 어때 저 바오밥 나무들은 다 들어 줄 것 같지 않아? 그래, 이건 마음속에 있는 비밀 같은 것이니까. 뭐 어때 괜찮겠지?

하나둘, 별이 나타나기 시작했다. 별들이 아침이면 거미줄에 내려앉아 반짝이는 이슬방울 같네. 마치 보이지 않는 줄을 타고 내려와 바오밥 나뭇가지들의 밤하늘, 그 자리에 늘 그렇게 앉아 있었다는 듯이 약속처럼 저마다 자리를 잡고 앉았다. 바오밥 나무에게 다가갔다. 손으로 만져보다가 술래를 잡는 아이처럼 빙빙 돌다가 가만히 껴안았다.

"오랜만이야." "그래, 오랜만이야." 바오밥 나무가 말했다. "아, 너도 아는구나. 우리가 비록 오늘 처음 만나지만 우리는 서로 지구의 저편에서 여기 지금 이 자리까지 모두 연결되어 있다는 것 말이지. 옛날 아득한 먼 옛날부터 만나고 있었다는 것 말이야."

"너를 만나러 왔어. 얼마나 꿈꾸었는지 몰라. 반가워."

나는 바오밥 애비뉴에서 처음 만난 바오밥 나무에게 내가 시인이라는 말과 『어린 왕자』라는 책을 읽고 동화를 써야겠다는 생각이 들었으며 어떻게 여기 오게 되었는지 등등, 시시콜콜 뭐 내가 사는 집 마당에 풀들이 많이 나서 새끼손톱만 한 크기의 왕마사토라는 굵은 모래를 깔았는데, 처음 그 왕마사토 위를 걸어가는 발자국마다 사막사막 사막 소리가 들려왔으며 문득 어린 왕자가 생각났고 바오밥 나무가 보

고 싶다는 꿈을 꾸기 시작했다고, 말을 처음 배운 아이처럼 웅알거리며 수줍은 사랑을 고백하듯이 속삭였다.

물론 거기에 대한 시도 썼지. 제목도 '어린 왕자로부터 새 드 무비'야 나중에 시집 제목으로도 썼는데 들어볼래? 낭송해 줄까?

불시착의 연속에 있었다
바오밥 나무들이 점등을 하는
비상활주로의 길 끝에 사막은 시작되었다
사막이 공간이동으로 뛰어든 이유는
불시착의 그 처음이 발단이었다는 정도로 생략하겠다
그리하여 그리움이 사막을 메아리쳤다

파상공세를 퍼붓는 풀들에 쫓겨
앞마당에 왕마사를 깔고부터였다
사락사막
발자국 소리마다 사막이 전염되어 불려나왔다
불시착한 철새들의 울음이 묻혀있었다
홍그린엘스 노래하는 모래산이라는

남고비사막의 첫 밤처럼 저녁이 드리워지고

곧 하늘이 모자라게 별들이 뜰 것이므로

나는 보드카와 방랑의 담요를 두르고

사막의 밤으로 누울 것이다

밤하늘에는 불시착을 한 채

이 별에서 살아온 시간이 상영될 것이다

오 새드 무비♬~

서툰 배역은 견딜 수 있을 만큼만 고통스러웠다

잔기침쟁이 장미와 사막여우처럼

길고양이 룰랄라도 충분히 길들여진 채

이별의 적응기를 끝냈으므로 나를 떠나갔다 하여

염려하지 않기로 한다

돌아갈 시간이 머지않다는 것을 안다

엔딩자막이 올라오며 점멸하는 활주로에

꽃을 피우지 못해 울던 사구아로 선인장의 곡성이

화면을 채울 것이다

—「어린 왕자로부터 새드 무비」

"잘 들었어. 그런데 길고양이 룰랄라는 누구야?"

"그게 그러니까 어느 날 집에 일하러 온 사람이 집 뒤 헛간 문을 열어놓고 갔는가 봐. 다음 날 내가 문이 열려있는 것을 보고 문을 닫으려는데 뭐가 부스럭대는 거야. 무슨 소리지? 쥐가 들어왔나? 들어가서 헛간 안을 살펴보다가 깜짝 놀랐지. 그 틈에 들어온 고양이가 헛간 선반에서 새끼를 낳았나봐. 세 마리나.

내가 다가서니까 '하악' 소리를 내며 뒤척거리다가 한 마리가 바닥으로 떨어지는 거야. 나는 나도 모르게 얼른 새끼 고양이를 집어 어미 앞에 놓았지. 그러고는 어미와 눈이 마주쳤는데 이 녀석이 또 입을 잔뜩 벌려 이빨을 다 드러내고 '하악' 하고 그러는 거야.

룰랄래(왼쪽)와 코털

결국 헛간 문을 못 닫고 자전거를 타고 면 소재지에 있는 정육점에 갔어. 소고기 반 근만 달라고 했지. 정육점 주인아주머니가 '혹시 또 고양이 들어와서 새끼 낳았어요?' 하며 묻는 거야. 몇 년 전에도 그런 적이 있었거든. 평소에 소고기든 돼지고기든 한 번도 사간 적이 없었는데, 아니다. 집에 손님들이 와서 삽겹살 구워 먹는다고 돼지고기는 두어 번 사러간 적이 있다. 아무튼 소고기를 사러 오니까 궁금했던 거지. 고양이가 들어와서 새끼를 낳았으니 소고기미역국 끓여 주려고 한다니까 막 웃으면서 '시인님도 안 사 먹는 소고기를 고양이가 먹네요' 하셨는데, 또 소고기를 달라니까 그걸 알고 내게 물은 것이지.

그 세 마리 중에 한 마리만 살아남아서 꽤 정이 들었거든, 룰랄라는 수컷이야. 그런데 애가 좀 크니까 나중에 그 동네에 사는 다른 고양이들과 세력다툼 끝에 쫓겨나서 떠나갔어. 한동안 동네 고양이들이 너무 미워서 집 근처에 보이기만 해도 돌팔매질을 하고 마당을 어슬렁거리면 소리를 지르며 뛰어나가 내쫓기도 했지. 그런데 지금은 코털이라는 이름을 가진 다른 길고양이가 들어와서 같이 살고 있어."

"뭐라고 코털이라고? 무슨 이름이 그래?"

"응, 내 얼굴을 봐. 뭐 멋진 수염은 아니지만, 코 밑에 털을 기르고 있잖아. 차마 콧수염이라고 부르기에는 염치가 없는 코털을 기르기 시작한 무렵이었는데, 어느 날 아침 문밖 댓돌 위에 고양이 한 마리가 앉아서 나를 빤히 올려다보고 있잖아. 도망도 가지 않고 말이야. 그런데 그 녀석 코 아래가 나처럼 아주 슬쩍 묻어있는 둥 마는 둥 코털 같은 까만 무늬가 있는 거야. 그래서 내가 그랬지. 어, 너 참 빠르다. 벌써 이 집 주인이 코털 기른다는 소문 듣고 왔나? 그랬더니 '냐옹냐옹' 대답을 막 하는 거야. 그래서 코털이라고 부르며 같이 살고 있지."

"이름이 코털이니까 수컷이냐고? 아니 아니, 코털은 암컷이야. 코밑에 콧수염 같은 게 있어서 수컷인 줄 알았더니 사람들이 암컷이라며 코순이라고 하라는데, 뭐 코순이보다는 코털이 장난꾸러기 같아서 바꾸지 않았어. 내가 가끔 '야 밥만 먹냐? 밥만 먹어?' 하고 나무라면 두더지도 잡아 놓고 쥐도 잡아 놓기도 하는데 '와아, 밥값했구나. 잘했다. 고마워' 그러면 아주 거만하게 눈을 내리깔고 으스대며 나를 쳐다보고는 하지."

우리는 코털~코털~ 부르며 낄낄거렸다.

저녁 하늘을 우러렀다.

바오밥 나무숲에 크고 작은 알전구 같은 별들이 펑펑 튀밥처럼 쏟아지며 커지고 있었다. 배종 감독의 〈웰컴투 동막골〉 한 장면이 얼핏 스쳐갔다. 오우, 그렇지. 핸드폰을 꺼내 영화처럼 멋진 이 꿈같은 장면을 찍으려다가, 악~ 내 핸드폰 성능 상태로는 별을 담을 수 없구나. 가방에서 작은 스케치북과 필기도구를 꺼냈다. 슥 쓱쓱~ 핸드폰 불빛을 비춰가며 쓱싹싹 거렸다.

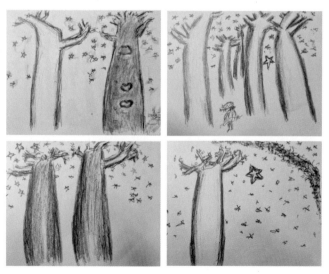

바오밥 나무에 내려오는 별과 은하수

어쩔수 없네. 그릴 수 없는 풍경은 결국 두 눈에 담을 수밖에. 찬란한 별 떼들의 은하수가 흐르고 있었다. 이게 뭐야…… 도대체 지금 무슨 일이 일어나고 있는 거야. 정신을 차릴 수가 없네. 이토록 비현실감으로 존재하는 공간 속에 내가 들어와 있다니,

그러니까 내가 몽골의 남 고비 사막에서 만났던 소나기처럼 쏟아지던 그 별 떼들의 밤처럼 발끝에서부터 머리끝까지 별들, 자욱한 별 떼들에게 갇혀버리다니,

어쩌자고 저렇게 대책 없는 별들을 퍼부어 놓았을까

앉고 섰다 뒹굴며 함부로 누워 보았다

온갖 느림으로 밑도 끝도 없이 막무가내로 펼쳐지는

말과 양과 염소와 소와 낙타들의 대지

몽골의 하늘에 무단투기 집단방목으로 풀어놓은 별들은

그 슬픈 눈망울에 바다가 담겨있다는

남고비사막의 고독한 여행자

쌍봉낙타들의 눈물인줄도 모른다

누군가 저별들 주머니에 잔뜩 넣어

지리산자락 섬진강가 뿌려달란다

그 별들 밤마다

게르의 문을 두드리던 사막의 바람을 부르며

시리고 푸른 몸을 씻으리라

강물은 그리하여 반짝일 것이다

밀려온다 쏟아진다 난무한다

은하 건너 별들의 저 어딘가에도

아이들은 풀밭에 누워

밤하늘을 우러를 것이다

폭죽을 쏘아 올릴 것이다

과녁이 되어버렸다

가슴마다 화살이 되어 달려오는 별들은

왜 알고 있는 세상의 모든 탄사와

학습되지 않은 욕들을 자아내는가

드디어 칭기스보드카병이 쓰러진다

흔들린다 비틀거리며 춤춘다

초원의 바다 그 수평선으로부터

그늘 깊은 사구너머 지평선까지

길을 잃은 별 떼들이 온 밤을 마구 질주한다

―「별 떼들이 질주하네」

퓨우욱 퓨슉 퓨슈슉~ 별 떼들이 쏟아지던 몽골의 밤, 다시금 그 기억이 새롭다. 몽골의 밤 별들을 생각하니 문득 떠오르는 장면이 있다.

내가 몽골보다 먼저 갔던 곳, 그곳은 원래 몽골이었지만 중국에서 합병을 해버려 중국 땅이 된 내몽골의 자치구, 모오소 사막에서 일어난 일이다.

이번 여행에도 같이 온 다큐멘터리를 찍는 박 감독이 나를 참관인 자격으로 데려간 그곳에는 장 지오노의 『나무를 심은 사람』처럼 사막에 나무를 심는 사람이 살고 있었다. 그 사람, 인옥진. 그녀는 왜 황량한 사막에 살며 풀씨를 뿌리고 나무를 심겠다고 한 것일까.

그녀는 20년 전에 아버지의 당나귀를 타고 이곳으로 왔다고 했다. 어느 날 문득 옷 보따리를 싸라고 했고 인근 몇

십 리 집 한 채 보이지 않는 사막의 움집 같은 흙집에 사는 낯선, 하루종일 거의 말이 없는 입이 산처럼 무거운 남자에게 묵은 짐을 부리듯 그녀를 남겨두고 아버지는 떠나갔다고 한다.

도망가고 싶었단다. 그러나 고향 집으로 돌아갈 수가 없었다. 저 끝도 보이지 않는 사막의 모래언덕을 넘고 넘어 어디든 떠나가고 싶었다. 어딘들 여기보다는 사람이 살 만하지 않을까. 사람의 목소리가 듣고 싶었다. 사람의 발자국 소리가 그리웠다.

"다시는 발자국이 모래바람에 날리지 않도록
숲을 만들어야겠어.
반가운 발자국들이 푸른 숲을 향해 걸어오도록
풀씨를 뿌리고 나무를 심어야겠어."

어느 날이었다. 사막의 언덕 저만큼 가물거리며 움직이는 것이 있었다. 사람이었다. 그녀는 너무나도 반가워서 소리를 지르며 달려갔다. 소리소리 지르며 달려갔다. 뭐라고 그랬을까? 이봐요~ 여보세요~. 그러나 멀리서 가물거리던 사람은 누군가 자신을 향해 소리치며 달려오는 사람에게 그만 겁을 덜컹 집어먹고 되돌아 도망가고 말았다.

그녀는 더 큰 소리로 생면부지의 사람을, 누군가도 모르는 사람을 부르며 달려갔을 것이다. 도대체 얼마 만에 보는 사람의 그림자라는 말인가. 언덕을 넘었다. 언덕을 넘었는데 그 그림자는 찾을 수가 없었다.

힘이 풀렸다. 설렘으로 쿵쿵거리던 가슴에 마른 모래바람
이 쓸고 갔다. 묻고 싶었다. 어디로부터 왔으며 어디로 가는
길이냐고. 당신이 떠나온 곳에 사는 사람들의 이야기를 듣
고 싶었다. 그 마을 사람들의 강과 산과 들녘의 풍경을 묻고
싶었다. 털썩 주저앉았다.

그때 그녀의 눈에 들어온 것, 그 낯선 사람의 발자국이었
다. 그녀는 서둘러 일어나 집으로 달려갔다. 숨이 가쁘도록
집으로 돌아가 가져온 것은 낡은 세숫대야였다. 발자국들
은 벌써 모래바람에 지워지고 있었다. 다시 내달렸다. 아직
바람에 날리지 않은 사람의 발자국 위에 세숫대야를 엎어놓
았다.

모래바람이 휘날렸다. 그녀는 사람이 사라진 모래언덕 쪽
을 바라보며 우두망찰했다. 다시 모래바람이 휘날렸다. 낯
선 사람의 발자국도 허겁지겁 그녀가 달려오던 발자국도 사
르륵사르륵 날려가 버렸다.

세숫대야를 들춰 보았다. 그 안에는 아직 바람에 지워지지
않은, 얼굴이 어떻게 생겼는지도, 말을 나눠본 적도 없는 사
람의 발자국이 남아 있었다. 그 발자국을 들여다보며 설움
이 복받쳤다. 눈물 바람을 지었다. 얼마나 외로웠으면 발자

국을 보며 목을 놓았겠는가.

발자국, 그녀는 세숫대야 안에 남아있는 발자국을 보며 굳은 결심을 했다. 다시는 모래바람에 발자국이 지워지지 않도록 만들어야겠어. 그녀의 집을 찾아오는 사람들의 발자국이 모래바람에 날리지 않도록 숲을 만들어야겠어. 사람의 반가운 발자국들이 푸른 숲을 향해 걸어오도록 풀씨를 뿌리고 나무를 심어야겠어.

"희망이란 본래 있다고도 할 수 없고 없다고도 할 수 없다. 그것은 마치 땅 위의 길과 같다. 본래 땅에는 길이 없었다. 걸어가는 사람이 많아지면 그것은 곧 길이 되는 것이다." 루쉰의 말처럼 그녀가 이제 사막에 스스로 길이 되어 숲을 이루며 살고 있다.

그녀를 촬영하기 위해 방문한 첫날이었다. 방에 들어가 인사를 하며 동그란 탁자에 빙 둘러앉았는데 촬영을 온 팀 중에 내가 제일 나이가 많았나 보다. 건너편에 앉은 박 감독이 나를 부르더니 뒤를 돌아보라고 하는 것이다.

뒤돌아봤다. 거기 금방 내 건너편에 앉았던 주인공, 인옥진 씨가 쟁반 위에 작은 술잔을 두 개나 받쳐서 들고 있다.

인옥진 씨와 그녀의 남편 백만상 씨

내가 의아해하자 몽골의 풍습이 손님들에게 연거푸 술잔을
두 잔 권하는 것이 예의라고 한다.

두 잔을 들이켰다. 안주라고 나온 것은 소태처럼 짠 양배
추절임과 꼬질꼬질 양젖으로 만든 냄새가 심한 치즈로 볶은
듯한 라면 부스러기였다. 40도가 넘는 독주를 단숨에 들이
키고 그나마 안주를 집으려고 하는데 박 감독이 또 나를 보
며 턱짓을 한다. 이번에는 내 뒤에 그녀의 남편이 똑같이 술
잔 두 개를 들고 있었다.

아직 그녀의 식구들이 대여섯은 남아있다. 마시지 못하겠으면 잔을 거꾸로 놓으면 된다는데 어찌 사람을 차별하여 안 받을 수 있는가. 다 받아 마셨다. 정신을 바짝 차린다고 했으나 필름이 끊겼다. 눈을 떴다. 낯선 곳, 캄캄해서 아무것도 식별할 수 없는 곳을 더듬어 문을 열고 나왔다.

가능한 집과 멀리 떨어지려고 더듬더듬 발아래를 조심하며 저만큼 걸어가서 바지 지퍼를 내렸는데 이크, 누가 보고 있나? 고개를 들어 바라보니 사막의 저만큼 내 무릎 아래 쪽에 별들이, 수많은 별이 환하게 불을 켜 들고 있는 것이다.

별들은 내가 올려다봐야, 우러러봐야 하는 것이 아닌가? 윽, 하고 방향을 틀었다. 셀 수 없는 별들이 이곳에도 나를 빤히 올려다보고 있네. 다시 틀었다. 아니 여기도, 도대체 어디로 방향을 잡아야 하는가 말이다. 동서남북 별들에 미안했다. 흑흑 결국 나는 쪼그리고 주저앉아서 일을 마쳐야 했다.

여기도 마찬가지다. 모든 방위를 포위당했다. 압도당했다. 숨이 잘 쉬어지지 않다니. 몇 번인가 심호흡했다.

그 바오밥 나무 곁에 아주 살지는 못했다. 다음 날은 새벽에 와서 해가 뜨기를 기다렸으며 그날 저녁 두 눈 가득 노을을 담아 채우며 별이 찾아올 때도 바오밥 나무숲에 있었으나 가야 할 곳이 있었다. 만나야 할 나무가 있었다. 더 있고 싶지만 이제 헤어져야겠지. 아직 그가 사는 곳이 어딘지 모르지만 찾아가야 할 곳이 있었다.

"네게 한가지 비밀을 말해줄게. 다른 게 아니라 시인들은 오직 자신만이 꺼내어 교신할 수 있는 안테나가 가슴에 들어있는데 안테나를 사용하지 않을 때도 우리가 밥상 앞에서 기도하듯이, 날마다 잠자리에 들기 전 양치를 하거나 하루를 되돌아보듯이 항상 잘 닦아두어 녹이 슬지 않게 하는 일이 가장 중요한데 말이야. 나는 오랫동안 내 안테나를 닦지 않아서 녹이 슬어 있었지. 그런데 그 녹슨 안테나에 접속되어 희미한 전언을 보내온 바오밥 나무가 있었어. 내가 머나먼 이곳 마다가스카르까지 오게 된 이유야. 그 나무를 내 안의 안테나를 들고 찾아가고 싶어."

나는 내게 전언을 보내던 나무를 알려주겠다는 처음 만난 바오밥 나무의 친절을 거듭 사양하고 안녕의 손을 흔들었다. 왜 그랬는지는 모른다. 다만 그 나무, 꿈속에 나타났던 나무는 가슴 속에 들어있는 안테나를 통해 찾아가고 싶었다. 그런 것 있잖아. 오기 같은 것이 아니라 혼자만 풀어야

하는 비밀 같은 것 말이야.

주변에 아무런 인기척이 없다는 것을 알고 안테나를 꺼내어 높이 들었다. 박 감독이 드론을 높이 날려 영상을 찍는 것을 보기도 했는데, 그때 말은 안 했지만, 나는 가슴에 비록 녹이 슬었으나 가끔은 조금씩 작은 별처럼 반짝이는 안테나를 만지작거리고 있었다.

왜냐면 내 안테나는 눈빛만으로도 어디 별들뿐이겠어. 금세 우주 저편으로도 날려 보내며 교신할 수도 있으니까 말이야. 그런데 이상한 일이다. 꿈속에 나타나 알 수 없는 전언을 보내던 바오밥 나무는 숲 저편 끝까지 가보아도 안테나에 접속되지 않았다.

다음 날 이번 바오밥 나무 여행을 안내해 주는 귀엽고 상냥한 사진작가에게 말했다.

"강 작가님, 내가 그랬지요. '날마다 이 바오밥 나무에서 저 바오밥 나무까지 걸어오고 걸어갈 것이다'라고, 내일은 어느 바오밥 나무로 걸어가게 해주실래요?"

캄캄한 새벽부터 낡은, 네 대의 지프로 일행들이 나누어 타야 한다고 했다. 어, 이거 눈에 익는데…… 그중 한 대가

현대 갤로퍼였다. 그 차, 일호 차를 탔다. 아침과 점심도 숙소에서 미리 준비한 샌드위치와 감자, 고구마, 바나나, 오렌지, 사과주스로 때우며 12시간을 달려야 겨우 다음 가는 곳의 숙소에 도착할 수 있단다. 그렇게 달렸다.

뭐 간밤의 발꼬랑 냄새나는 담요며, 자다가 추워서 짐가방을 열고 두꺼운 옷을 더 꺼내 입었다면 아프리카에서 무슨 그런 거짓말을, 하고 믿지 않을지도 모르니 굳이 말하지 않겠다.

다만 여기는 보통 해발 1,200~1,500미터 고도에 위치한 마을들이라는 정보와 바오밥 나무의 잎이 다 떨어진 건기의 겨울철, 그러니까 밤 최저 온도가 영상 9도라는 변명을 덧붙이고 싶다.

휘몰아치는 눈보라처럼 황토 먼지를 일으키며 달리는 차 안에서 일출을 맞이했다. 사람들은 그래도 덜컥덜컥 쾅당 늙은 아스팔트가 함몰처럼 주저앉은 길보다 추울렁 출렁 비포장 황톳길이 한결 괜찮다고 한다.

생리작용을 해결해야 할 때면 숲의 조밀도와 시야의 조망권을 살펴서 남자는 왼쪽, 여자는 오른쪽으로 들어가 서로가 다 아는 은밀한 일을 해결해야 했다.

"어어 잠깐 멈춰요. 저거 뭐야. 강 작가, 멈추라고 해요. 스 토옵!"

비포장이었고 그러므로 차의 속력이 시야를 충분히 제공 했기 때문에 가능한 뭔가가 내 눈에 띄었다. 처음엔 무슨 나 무토막이 길 한가운데 사선으로 길게 놓여있는 것처럼 보였 다. 뱀이다.

"뱀이다. 뱀이야. 뱀이에요. 뱀~."

"어, 신기하게 생겼네." 그러자 뒤따라 나온 강 작가가

"보아뱀이네요. 보아뱀, 내가 그렇게 마다가스카르를 다 녔는데 야생에서 보아뱀은 처음 보네요."

보아뱀을 만났다. 생각처럼 그렇게 크지 않았다.『어린 왕 자』에서처럼 코끼리를 잡아먹지 않아서인가. 나는 생텍쥐페 리의 그림 1호라는 삽화가 떠올랐다. 얼른 쓰고 있던 모자 를 벗어 모자의 그림자를 낮잠을 자는지, 체온을 높이려고 일광욕을 하는지, 미동도 하지 않는 보아뱀의 허리 중간 부 근에 갖다 대어보자, 내가 왜 그런 짓을 하는지 눈치를 채고 사람들이 빙긋 웃었다.

"너 왜 여기 나와 있는 거야? 네 모습을 보여주고 싶었던 거야?"

길에서 만난 보아뱀((위)과 생텍쥐페리 그림 1,2호 삽화

뒤를 따르던 차에서도 사람들이 내려 다가오자 그때까지 길을 길게 가로지르며 뭉툭한 막대기가 놓여있는 것처럼 보이던, 잠을 자듯 가만히 있던 보아뱀이 돌연 머리를 들더니 재빠르게 길을 가로지르며 숲으로 들어간다. 와, 저렇게 빨리 움직이다니…… 그런데 왜 조금 전에는 길 한가운데 그렇게 가만히 있었을까. 혹시 정말로 내게 보여주려고 그랬을까.

다시 차는 달렸다. 시속 20킬로, 시속 30킬로 전속력으로 질주했다. 그나마 다행인 것이 점심에는 길가에 파는 뜨거운 커피와 차를 샌드위치와 곁들여 먹을 수 있게 해줬다. 마다가스카르 어디서든 한결같은 풍경이 있었다. 다름 아니라 길거리 식당에서든 조금 규모가 있는 제법 큰 음식점에서든 음식을 만들거나 물을 끓일 때 대부분 숯불을 피워서 사용한다는 것이다.

몰랐다. 왜 이렇게 늦는 이유를. 식당이나 숙소에서 내가 만든 차를 마시려고 보온병을 내밀며 뜨거운 물을 달라고 하면 숯불을 피워 물을 끓여야 했으니 한참을 넋 놓고 기다려야 했던 것이 다 까닭이 있었던 거다.

"고통받는 세상에 손 내미는
따뜻한 한 편의 동화책이 되어줄 것이다.
유칼립투스 나무가 내게 말했다."

거리마다 숯을 파는 가게가 즐비했다. 숯가마를 쌓아놓거나 숯을 만드는 풍경도 자주 눈에 띄고는 했다. 숯을 만드는 나무는 주로 유칼립투스 나무였는데, 나무가 단단해서 호주에서는 시멘트보다 수명이 더 오래간다고 전신주로도 많이 쓰이는 등 좋은 목재이다.

마을 근처 한 가족으로 보이는 숫자의 사람들이 내 몸통만 한 굵기의 유칼립투스 나무를 쓰러트리는데, 나무의 밑동을 도끼로 돌려가면서 내리치고 있다. 나무의 굵은 몸통은 다듬어서 기둥이나 목재가 되어 팔려나갈 것이다.

숯불을 피우는 화덕, 숯을 파는 가게

굵고 큰 가지들은 서까래가 되거나 숯이 되겠지. 목재로 다듬을 때 나오는 나뭇조각이나 잔가지며 나뭇잎들은 불쏘시개가 되거나 숯을 담은 자루 위쪽을 막아 숯이 쏟아지지 않게 하기 위한 포장 용도로 쓰이고 있다. 마치 쉘 실버스타인의 『아낌없이 주는 나무』를 보는 듯했다.

물소 떼를 몰고 아이가 간다
달구지가 된 아버지가 가득한 숯 자루를 싣고 가네
불쏘시개 나무 단이
소리치며 흔든다
눈빛들이 차창을 넘어 꽂히는
화살이 될 수 있다니
어린 엄마와 딸이 1,300고지
다랭이논에 모내기를 한다

마다가스카르
마을이 보이는 작은 언덕 위
유칼립투스 나무는 아이가 태어나 소년이 되는 동안
곁을 맴돌던 아이들의 노래를 따라 부르고는 했네

오랫동안 나무는 나누고 섬기는 나무의 몫을 생각했네

유칼립투스 나무가 잎이며 잔가지,

온몸을 다 내어준 마을의 여기저기

모락모락 검은 땀방울들이 피워올리는 불길

손을 모은 기도처럼 솟아난다 연기들,

유칼립투스 나무의 소신공양으로 오르는 저 연기는

올망졸망 눈곱만한 집에서 기다리는

식구들의 눈물나게 고맙고 겸손한

양식이 될 것이다

한 그루 나무가 몸을 바꿔 숯이 되었네*

환한 저녁 밥상이 되어 웃음들 둘러앉고

길을 잃은 사막에서 만나는 옥토퍼스 선인장**

다족류의 가지가 가리키는 나침반의 남쪽처럼

아이들의 마음에 맑고 환한 별빛,

* 에너지 사정이 좋지 않은 마다가스카르 대부분의 식당이나 집에서 음식을 만들거나 물을 끓일 때 숯불을 사용하는 까닭에 길가에 숯을 파는 풍경이 흔하다.

** 문어발처럼 여러 줄기가 길게 자라는 옥토퍼스 선인장의 가지 끝은 남쪽을 향해 굽어 있다. 마다가스카르의 사막이나 정글에서 길을 잃었을 때 이 선인장을 만나면 방향을 찾아주는 나무라고 해서 행운의 나무라 부른다고 한다.

고통받는 세상에 손 내미는

따뜻한 한 편의 동화책이 되어줄 것이다

유칼립투스 나무가 내게 말했다

내 귓불이 붉어진 이유였다

—「유칼립투스 나무가 귓바퀴에」

길을 찾지 못해서 왔던 길을 다시 돌아가기도, 다시 또 길을 잃기도 했는데 참 뜻밖이다. 누구도 짜증을 내지 않는다. 혹시 속으로는 부글부글 끓고 있는 것은 아닌지 나는 차들이 되돌아가려고 방향을 바꾸다가 멈추거나 고장이 났을 때 잠시 내려 오가며 슬쩍슬쩍 일행들의 안색을 살피고는 했다.

"많이 피곤하지요." "아니요." "차 불편하지 않아요?" "아뇨, 괜찮아요."

마치 자욱한 안개처럼 흙먼지를 피우며 차가 달리는데 내 안테나에 감지되는 무엇인가가 가까이 다가오는 것 같다. 나는 얼른 차창을 살폈다. 어 저게 뭐지. 바오밥 나무에 하얀 새의 깃털처럼 보이는 것이 걸려있는 것 같다. '어어' 하고 보니 벌써 한참을 멀어졌다. 또 나오겠지. 그래 그럴 것이야.

내가 많이 느리다. 아니 느려 터졌다는 게 더 맞다. 어쩌나 느리던지 회의를 할 때 내 차례가 되어 발언하려고 하면 말을 꺼내기도 전에 선배들이 "남준아, 멀었냐?", "끝났어?"라며 놀려대서 안절부절 당황하기 일쑤였다.

한번은 인사동에서 택시를 세웠는데 잘 잡히지도 않는 택시를 그야말로 어렵게 잡아 세워놓고,

"아 아저씨, 저 그러니까 제가 가려는 곳이 어 어 디 냐 며 언 은 요……."

정말이지 목적지는 아직 내 입에서 나오지도 않았는데 차가 붕 하고 가버린 적이 있다. 뒤에서 지인들이 그걸 다 지켜보았다. 그 후로 내가 어떤 놀림감이 되었는지는 뻔할 것이다.

붕~ 차는 달린다. 다시금 안테나에 강하게 접속되는 신호가 울렸다.

"저기요, 저기 차 좀 세워줘요."

차가 조금 세워달라는 곳을 지나치기는 했지만 뛰어내려서 달려갔다. 느리고 굼뜬 내가 풀섶이며 가시덩굴을 아랑곳하지 않고 헤쳐 나가보니 바오밥 나뭇가지에 하얀 꽃과

이제 막 맺히기 시작하는 적갈색의 작은 꽃봉오리들이 달려 있다.

'어~ 박 감독은 10월쯤에나 꽃이 핀다고 나중에 꽃이 필 때 다시 와야겠다고 그랬는데 다시 안 와도 되겠네.' 그러면서 마치 내가 꽃을 발견했기 때문에 다시 오지 않아도 된다고 어깨를 으쓱거렸다.

잎과 마찬가지로 바오밥 나무는 종류에 따라 꽃이 피는 시기가 저마다 다르지만, 내가 만난 그랑디디에 바오밥 나무는 10~5월에 잎이 나 있고 잎이 지고 없는 5~8월 사이에

꽃이 핀다는 걸 마다가스카르에서 돌아온 다음에야 알았다

『생명의 나무 바오밥』(김기중, 지오북) 참고).

나무 아래 갈색 벨벳을 씌운 듯한 촉감의 열매와 색깔은 다르지만 아주 큰 자귀나무꽃처럼 하얀 관을 쓴 새를 닮은 꽃이 누렇게 변색해서 곳곳에 떨어져 있다. 한 송이 주워 들었다. 떨어진 지가 얼마 되지 않았나 보다. 색은 바랬으나 아직 마르지 않은 꽃술의 부드러움이 손바닥에 전해온다.

사람들이 하나둘 모여들어 신기한 듯 큰 꽃술을 흔들어 보거나 내가 그랬던 것처럼 손바닥에 대고 느껴지는 감촉을 기억해 두려는 듯 쓰다듬고 있다. 내 주먹만 한 열매를 들고 귀에 대보니 토르륵 토록 소리가 난다.

나무 공부를 한다는 한 일행이 열매 하나를 깨서 맛보더니 내게도 노랗게 마른 오렌지 속살 같은 바오밥 나무 열매 속을 조금 떼어준다. 누구는 이런 맛을 건강한 맛이라고 했던가. 너무 바짝 말라서 그랬을까? 조금 시큼하기도 한, 별반 흥미가 일지 않는 맛이다.

나는 보물을 발견한 듯 바오밥 나무 열매 하나를 가방 속에 집어넣었다. 그리고 스스로 최면을 걸듯 말했다. '수리 수리 마수리 얍! 다 마른 것이니 공항 검색대에서 절대로

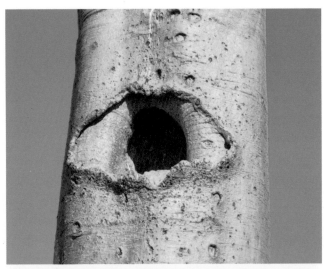

바오밥 나무에 구멍을 뚫고 있다

걸리지 않을 거야. 그럴 거야. 그렇겠지. 아니 꼭 그렇게 되어야 해.'

다 그렇지는 않지만 많은 바오밥 나무들에는 사람들이 그랬을 커다란 구멍이 뚫려 있었다. 까닭을 물으니 물을 저장하기 위해서 파놓은 것이라고 한다. 우리가 이른 봄날 고로쇠나무에 구멍을 뚫어 물을 받아 마시듯 우기에 비가 많이 오면 빗물이 스며들어 고이기도 하고 바오밥 나무가 고로쇠나무처럼 물을 내놓는다는 것이다.

바오밥 나무는 참 멀다. 차는 남쪽으로 남서쪽으로 달렸다. 8시간은 보통이었다. 10시간, 12시간, 감기약 투혼을 벌이며 달리는 차 안이 슬슬 힘겨워지고 있었다. 그때마다 바오밥 나무숲이 나타났다. 그때마다 마치 중국영화의 변검처럼 주변의 색에 따라 금세 옷을 갈아입는 카멜레온이 나타났다. 고슴도치가 나타났으며 손바닥만 한 거미가, 전갈이 나타났다. 여우원숭이 떼가 좀처럼 경계심도 없이 눈앞을 깡뚱거리며 나무 사이를 오르내렸다. 뛰어다녔다.

가지 않아도 너는 있고

부르지 않아도 너는 있다

그리움이라면

세상의 그리움 네게 보낸다

기다림이라면 세상의 모든 기다림

나에게 남았다

너는 오지 않고 너는 보이지 않고

꿈마다 산맥처럼 뻗어

두 팔 벌려 달려오는 달려오는

너를 그린다

바오밥 나무숲에 들어 바오밥 나무를 그리워하다니. 바오밥 나무가 그립다. 바오밥 나무를 기다렸다. 소원했다. 초원을 지나 강을 건너 높고 낮은 언덕을, 사막의 모래바람을, 황무지를 지났다. 눈이 침침해지고 앞 차가 내뿜는 매연과 자욱한 흙먼지를 마셔댄 목은 잠겨가고 있었다.

바오밥 나무는 어디에 있는가. 작은 마을을 지나고 도시를 지나며 도대체 맛을 모르겠네, 향도 없는 뜨거운 커피로 목을 축였다. 거의 입에도 대지도 않던 마르고 딱딱한 빵을

달리는 차 안에서 입안 가득 뜯어 넣으며 허기를 달래기도
했다.

거대한 바오밥 나무를 향해 가는 길은 김소월의 시 '왕십
리'처럼 '가도 가도 왕십리 비가 내리네'가 아니라 가도 가도
왕왕 천만리 초원이었다가 그 초원에 나타나는 백석의 시구
절처럼 '외롭고 높고 쓸쓸'하게 홀로 서 있는 바오밥 나무들
이었다. 문득 차창 밖으로 비치는 연기, 누가 불을 질렀나,
어쩐다지. 차를 세워달라며 물었다.
아마도 화전을 일구는 사람들이나 불을 땔 나무를 얻으려
는 사람들이 알게 모르게 초원에 불을 지른단다. 주변에 다른
풀이며 잔 나무들은 다 타버렸는데 홀로 남아있는 나무가 있
다. 멀리서도 알 수 있다. 비행접시 같은 바오밥 나무다.

"너만 홀로 살아남았구나."

"그래 그게 내 슬픔이기도 하단다. 내가 다른 나무보다 이
렇게 몸통이 굵어진 이유는 척박하고 건조한 사막과 같은
환경에서 살아남기 위해 우기에 물을 잔뜩 저장해 놓았다가

조금씩 나누어 쓰기 위한 것이었지만 그로 인해 물을 많이 품고 있어서 다른 나무들처럼 땔감이나 목재로도, 숯으로도 만들기가 쉽지 않아서 살아남기도 했지.

이렇게 아직도 많은 사람이 화전을 해서 농사를 짓는데, 불을 지르면 다른 나무나 나를 감아 오르던 덩굴식물들은 불길에 쉽게 타죽지만 나는 몸 안에 물을 많이 가지고 있어서 견딜 수 있었던 것이야.

내 몸에 다른 나무들처럼 덩굴식물들이 올라가 있지 않은 이유이기도 하지. 마지막으로 가장 중요한 이유는 가문 건기에 목마른 사람들이 물을 얻으려고 나를 찾아왔기 때문이야. 내 슬픔이며 동시에 기쁨이라고도 말할 수 있어."

안테나가 심하게 흔들렸다. 길을 잃고 되돌아가다 걸어가는 사람들에게 물었다. 뭐라고 뭐라고 손짓을 하고 방향을 가리킨다. 얼마나 달렸을까 다시 또 길을 잃었다. 다시 길을 가는 사람을 만났다. 이번에는 그중 한 청년이 차 옆문에 매달려 안내를 한다.

겨우겨우 찾아갔다. 이 부근 마을에서 신성시하는 나무라고 했다. 나는 신발을 벗고 나무에 다가갔다. 그런데 이상했

잘못 찾아간 바오밥 나무

다. 마을 사람들 누구도 이 나무를 찾아와 껴안거나 나무의 노래에 귀 기울인 흔적이 없다. 가슴에 손을 얹었다.

안테나의 반응이 없다. 아주 미약했다. 물론 이 나무도 그 둘레가 어지간해서는 볼 수 없다. 굉장했다. 내가 따끔거리는 나무껍질이며 가시덤불을 맨발로 딛고 걸음을 재보니 서른다섯 걸음이나 되는 둘레를 가지고 있었다. 그러나 아니었다. 이 나무도 아니구나.

차를 되돌려 가는데 작은 마을이 나타났다. 이제 어느 정도 알겠다. 길을 가다가 망고나무들이 나타나기 시작하면 저 어디쯤 마을이 있겠군. 그렇게 여기면 어김없이 마을이 나타났다. 내가 사는 하동의 지리산자락 형제봉 아랫마을 악양의 집집마다 낮은 돌담과 잘 어울리는 대봉 감나무들이 있는 것처럼 마다가스카르의 마을엔 망고나무가 있는 것이다.

커다란 망고나무 그늘에 쉬고 있는 사람들이 우리가 지나가는 차를 우르르 나와서 에워쌌다. 가이드를 맡은 강 작가와 그의 마다가스카르 친구인 재키가 다급히 나가서 한동안 설명하다가 차로 뛰어와 담배 한 갑을 가지고 나간다.

망고나무

우리가 찾아갔던 나무는 자신들의 마을에서 신성하게 여기는 나무가 아니다. 더 오랜 나무가 있다. 그 나무에게 가려면 담배 한 갑을 마을의 지도자에게 드려야 한단다. 우리는 마을 사람들이 길을 열어준 길로 그 나무를 찾아갔다.

"눈을 감았다. 첫 입맞춤을 했다.
나무의 깊고 오랜 슬픔과 사랑이 내 몸을 물들였다."

'저기 저것인가? 뭐라고? 그렇게 부르지 마. 몇천 년을 사신 분인데 저기 저분일까? 그렇게 불러. 저분인가? 아닐 걸. 저분이신가? 저기다. 저분이구나.'

우리는 마치 약속이라도 한 것처럼 존경하는 스승을 칭하듯, 할아버지 외할머니를 대하듯 '저분'이라고 가리켰다.

안테나를 미처 꺼내지도 않았는데 놀란 아이가 경기를 일으키듯 떨려왔다. 온몸에 소름이 돋았다. 거대한 너무나도 장대한 나무가, 손과 발로는 가늠되지 않는 나무가 서 있었다. 아 아 당신이었군요.

맨발이 되어 나갔다. 단순히 압도될 정도로 눈에 보이는 크기 때문이 아니다. 인간이란 존재는 찰나 간에 우주를 마음에 담기도 하지만 또한 한 점 티끌 먼지와 다를 바 없구나. 그 앞에 서서 두 손을 모았다.

'나마스떼 나마스떼 반갑습니다. 그리고 저를 여기 불러주셔서 고맙습니다.' 나무에 다가가 껴안았다. 눈을 감았다. 첫 입맞춤을 했다. 나무의 깊고 오랜 슬픔과 사랑이 내 몸을 물들였다.

바오밥 나무가 부끄러운 듯 입을 열었다.

"당신을 불렀습니다. 내가 아주 어린 바오밥 나무였을 때 거룩하고 장엄한 할아버지 바오밥 나무가 내게 들려준 노래를 이 세상의 누군가에게 나의 종족이 아닌 다른 생명체에게 들려주고 싶었어요.

내가 이렇게 몸통의 둘레가 크게 자랐기 때문에 사람들이 내 몸에 구멍을 뚫어 물을 저장하는 창고처럼 사용했어요. 비가 오면 빗물이 스며들어 물이 가득 차기도 하고 내가 뿌리로부터 퍼 올린 가득 담긴 물을 내어놓기도 하는데 너무나 가문 건기가 오래 계속될 때가 있어요.

내 몸에 저장해 놓았던 물도 바닥을 보이면 물이 없어서 사람들이 아주 힘들어했어요. 죽어가는 아이들도 있었고요. 고통스러웠어요. 차마 볼 수가 없었지요. 그런데 당신도 여기까지 오면서 마을 근처에 사는 걸어 다니는 나무, 발가락을 가진 나무를 만나지 않았는가요? 밤마다 마을을 돌아다닌다는 내 친구 발가락 나무 말이에요."

"아, 보았어요. 망길리 숲에서 보았어요. 어쩐지 신기하게 발가락이 있어서 내 발을 대보며 같이 사진도 찍었는걸요. 마을 사람이 밤이면 돌아다니는 나무라고 해서 믿지 않았더니 사실이었군요."

카누를 만드는 물병나무 종류(발가락나무)

"그 친구는 숲과 마을 근처에 살며 우리에게 세상 소식을 배달해 주는 우편배달부이지요. 그가 마을 여기저기 돌아다니며 소식을 전해주어 사람들의 사정을 잘 알고 있었거든요. 사람들이 궁금해했어요. 왜냐면 이제 물이 다 말라서 없을 것이라고 믿었던 사람들도 아침마다 내 몸 안을 들여다보고 깜짝 놀라고는 했으니까요. 왜냐고요?

별빛처럼 반짝이는 물이 담겨있었기 때문이지요. 쉿, 이건 아주 비밀이에요. 그건 몰래몰래 내가 밤마다 은하수를 조금씩 조금씩 표나지 않게 길어 담았기 때문이지요. 물론 별들도 사람들이 겪는 그 딱한 사정을 알고 은하수를 나눠주었고요.

마을 사람들은 내 둘레가 너무 커서 나를 '다른 쪽에서 울음소리를 들을 수 없는 나무'라고 불러요. 마음에 상처를 받았거나 슬픔으로 가득한 아이들이 남몰래 나를 찾아와서 많이 울고 갔기 때문이에요.

아이들의 슬픔은 내 노래에 함께 깃들어 살게 되었어요."

그 말을 듣고 나는 문득 '내 노래는 울음으로부터 시작되었다'고 한 가수 밥 말리가 떠올랐다. 바오밥 나무가 다시 말을 이었다.

"날마다 노래했어요. 달에게, 별들에게, 해에게, 구름과 바람, 나비와 새에게, 여우원숭이에게, 전갈에게, 거북이에게, 고슴도치에게, 카멜레온에게 그리고 지금은 멸종해서 사라진 내 친구 덩치 큰 코끼리새에게도 내 노래를 들려주고는 했지요. 내가 노래하면 모두 같이 따라 부르고는 했어요. 그 노래가 당신의 안테나에 가끔 불시착처럼 접속되고는 했나 봐요.

내가 한 알의 씨앗으로 대지에 떨어져 싹이 트고 눈을 떴을 때 하늘과 내 뺨을 간질이는 바람, 그리고 내가 태어나 만나는 처음 보는, 반짝이는 모든 것으로 눈이 휘둥그레지고 있을 때 천둥이 치는 듯 내 귀와 영혼에 들려오는 목소리가 있었어요.

아이야, 어린 바오밥 나무야!~ 내 노래를 들으렴. 너도 나와 같은 종족이란다. 내 아버지와 아버지에게로 전해지던 노래, 할아버지에게서 할아버지에게로 전해지던 노래란다. 우리가 왜 이런 커다란 몸집을 가졌는지."

바오밥 나무의 노래를 듣고 돌아온 그 날밤 시를 한 편 지었다.

어린 바오밥 나무에게

흙먼지 일으킨다

달리는 차마다 왁자지껄

외마디들이 환하다

작은 손바닥들이 합창으로

떼를 지어 흔드네

어린 바오밥 나무가 세상에 나와

맨 처음 하늘을 향하던 눈인사

그 잎새를 닮았다

어린 바오밥 나무는

그의 둘레를 하나둘

스물일곱 서른아홉 마흔일곱

맨발의 걸음으로 세어보던 외경,

아주 먼 옛날을 길어 나르던 별 떼들의 강,

마르지 않는 은하를 담아온 거대한

바오밥 나무를 바라보며

눈이 휘둥그레졌을 것이다

나는 안다 수령 2,500여 년

숲의 어머니 레날라가*

30미터의 둘레

쉰다섯 걸음의 셈법이 아니라

이토록 장엄해졌는지

거룩해졌는지

사랑으로 가득한 바오밥 나무가

어린 바오밥 나무에게 들려주는

별빛 이야기

강물이 키를 넘게 범람하는

우기의 계절과

오래 오래 땅바닥이 갈라지고

사람의 마을에 냇물과 샘물,

깊은 우물마저 말라

무수한 아이들이 죽어가는

건기의 큰 가뭄을 보았단다

* 마다가스카르 공용어인 말라가시어로 바오밥 나무를 숲의 어머니, '레날라'라고 부른다.

내가 천년 이천년 둘레를 키워온 까닭은

숨이 차도록 몸에 담아둔 물을

아이들에게 나눠주기 위해서야

사람들이 나를 일러

'다른 쪽에서 울음소리를 들을 수 없는 나무'라고 부른단다

사랑을 잃어버린 사람이 찾아와

내 등에 기대어 울면 나도 따라 슬퍼져서

그의 슬픈 울음을 다 마셔버리기 때문이야

지금 네가 서 있는 자리의 흙으로 다시 돌아간

내 형제 쌍둥이 나무도 얼마나 컸던지

'다른 쪽에서 노래 부르면 우리는 그 노래를 들을 수 없는 나무'라

고 불렀단다

작은 가슴이 쿵쾅거렸다

어린 바오밥 나무는 가만히 눈을 감았다

바오밥 나무의 반짝이는 꿈이 시작되는 순간이었다

날마다 어린 바오밥 나무는 몸집을 불리며

몸 안 가득 물을 채워갔다

혼자가 아니었다

곁에 살던 코끼리발 나무와

내가 물 항아리를 닮았다 여긴 배부른 물병 나무를

배흘림 나무라고 이름 부른 나무도

쉬지 않고 물을 길어 올리며

어린 바오밥 나무의 꿈을 함께 꾸기 시작했다

나무가 손짓하면

별들이 내려와 가지마다 불밝혀 주기도,

은하수를 퍼내려 그 꿈 채워주기도,

어린 바오밥 나무와 코끼리발 나무와 배흘림 나무는

밤마다 가지에 앉아 노래하는 별빛 춤을 추었다

나마스떼 고요한 평화가 숲에 메아리쳤다

마다가스카르 아프리카에

온 몸이 물통이 된 물병나무

거룩하고 장엄한 바오밥 나무가 살고 있다

　그 어린 바오밥 나무가 바로 거룩하고 장엄한 바오밥 나
무가 되어 내게 노래를 들려주었던 것이다. 나는 마다가스카

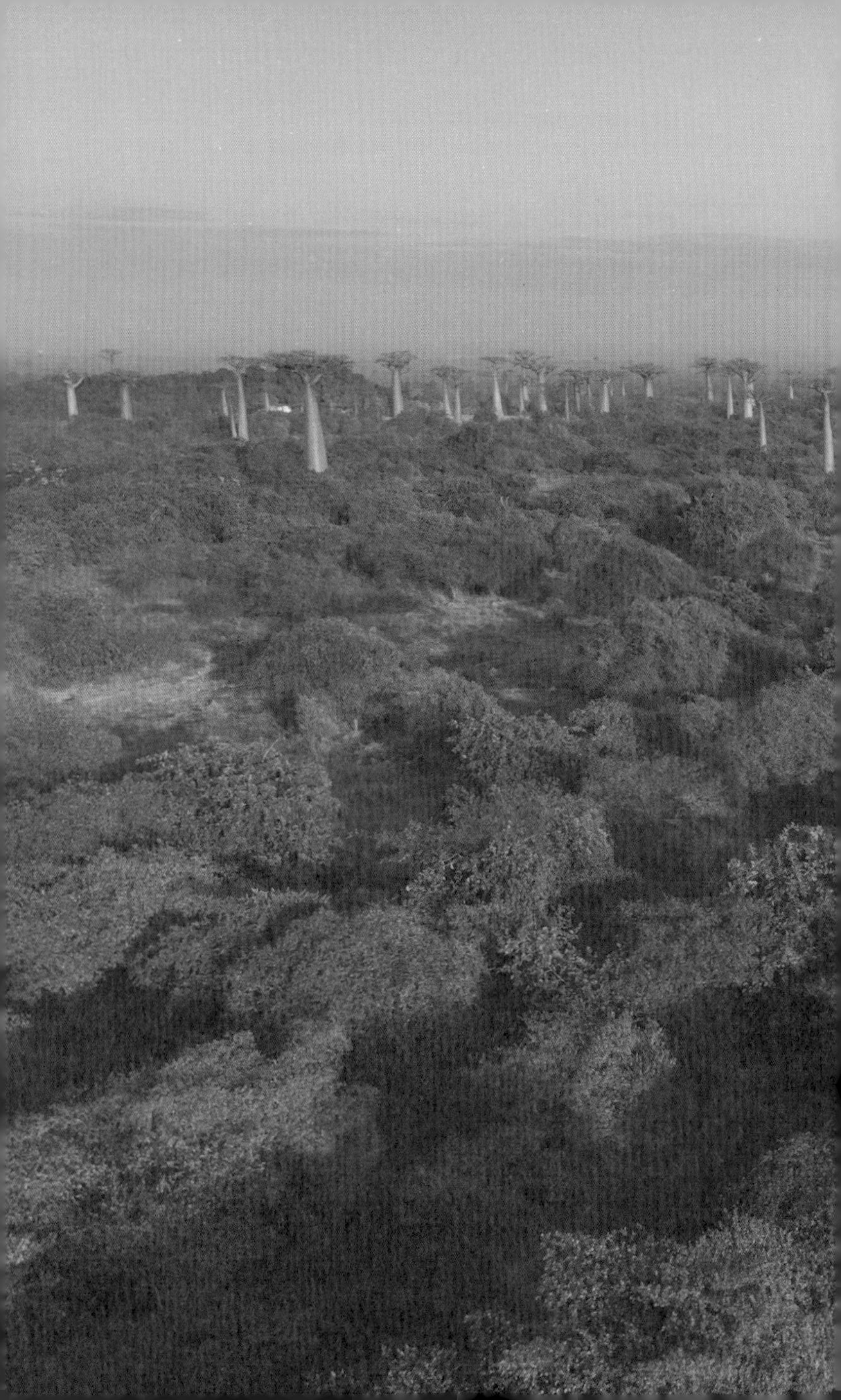

르에 사는 바오밥 나무가 생텍쥐페리가 『어린 왕자』에 그렸던 존재해서는 안 될 악, 악의 무리로 규정한, 별들을 망가트리고 파괴하는 나쁜 나무가 아니라는 것을, 혼자만 크게 자라려는 이기적인 나무가 아니라는 것을 새삼 확인했다.

"울음은, 눈물은,
영혼의 깊고 깊은 곳에서 나오는 보석 같은 것이어서
소금보다 빛나고."

다른 나무들이 필요한 햇볕을 위해 자신의 가지를 길게 늘이지 않고 짧고 몽땅하게 어찌 보면 우스꽝스럽게조차 자라게 하다니 얼마나 아름다운 배려심인가. 제 몸에 구멍을 내어 물을 나눠주다니 참으로 사랑으로 가득한 나무 아닌가.

상처받은 사람의 슬픈 울음을 마셔버려 위로하다니, 어쩌면 바오밥 나무가 이렇게 뚱뚱해진 것은 염분이 많은 땅에서 자라서만은 아닐지도 몰라. 아마도 슬픈 울음을 너무 많이 마셔버리기 때문일 거야. 왜냐면 울음은, 눈물은, 영혼의 깊고 깊은 곳에서 나오는 보석 같은 것이어서 소금보다 빛나고 짜디짜니까.

그런데 왜 생텍쥐페리는 사하라 사막 세네갈에 사는 바오밥 나무를 그렇게 어렸을 때부터 뽑아내 버려야 하는 몹쓸 나무로 그렸을까. 아무리 생각해도 이해할 수가 없다. 혹시 자기가 타고 가던 비행기가 너무나 커다란 바오밥 나무를 보고 놀라서 고장이 났다고 생각했기 때문일지도 모른다.

시를 쓰며 묵었던 바닷가 호텔 망가 롯지. 다음 날 아침 김 선생님이 우리나라 남쪽 바닷가나 제주도에서도 자라는 유도화 나무에 콩처럼 길쭉한 씨앗이 달린 것을 보고 '우리나라에서는 열매를 잘 볼 수 없는데 여기는 이렇게 많이 달려

있네' 하며 열매를 잡아당겨 한 개를 땄다.

호텔 망가 롯지의 주인 프랑스 할아버지 다니엘이 그걸 보고 김 선생을 나무랄 줄 알았는데 집안으로 달려가더니 뭔가가 담겨있는 큰 페트병을 준다. 콩같이 생겼다. 콩인가 했더니 바오밥 나무 씨앗이라고 한다. 후와~ 저 페트병에 담겨있는 것이 다 바오밥 나무 씨앗이라니 나는 내가 받은 것은 아니었지만 고마웠다. 그리고 잠시 후 김 선생이 저 페트병에 가득 담긴 바오밥 나무 씨앗 몇 알을 함께 온 이들에게, 나에게도 나눠주기를 기대했다.

가방 안에 여행을 같이 온 몽상가들께 나눠드리고 남은 다포가 있었다. 내가 홍매화 꽃가지를 쓱싹 그리고 '홀로 향

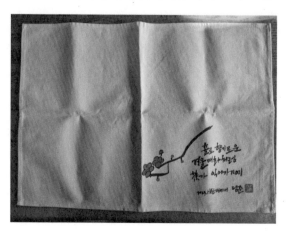

기로운 겨울 매화처럼 차
가 익어가기에' 이렇게 화
제를 써넣어서 만든 다포
를 다니엘에게 선물하자
정말 자기에게 주는 선물
이냐고 얼굴이 상기되어 묻
더니 내게도 바오밥 나무
씨앗이 가득 들어있는 큰
페트병을 안겨주었다.

　밤마다 나뭇가지에 내려와 반짝이며 안부를 묻던 은하수
의 별들과 서로 연결되어 있다는 것을 어린 바오밥 나무가
알게 되었던 것처럼 나도 이렇게, 여기 이렇게 말이야, 바오
밥 나무와 연결되어 있었구나. 바오밥 나무 씨앗이 들어있
는 병을 꼭 껴안고 속삭였다.

　"반가워. 우리는 모두 서로 연결되어 있구나. 별과 달과 해
와 우주의 모든 생명 있는 존재들과……."

　마다가스카르에서 돌아와 작은 화분에 씨앗을 심고 물을
주며 싹이 트기를 기다렸다. 얼마나 설레었던가. 하루에도 몇 번씩 씨앗이 담긴 작은 화분을 들여다보았다. 물이 부족하지 않을까? 그래 목이 마를 거야. 혹시 물을 너무 자주 줘서 씨앗이 썩어버렸을까? 왜 오늘도 싹이 나오지 않는 것일까? 페이스북에 싹이 트는 과정을 담아 올렸다. 씨앗을 나눠 달라는, 바오밥 나무를 심어보겠다는 이들에게 이런 쪽지를 써서 함께 보냈다.

바오밥 나무 씨앗입니다.

씨앗을 심기 위해서는 두꺼운 껍질에 먼저 쪽 가위 등의 기구를 사용해서 씨앗의 속살이 상처 나지 않게 작은 흠집을 내주는 것이 발아하기에 좋습니다. 흠집을 낸 씨앗은 미지근한 물에 하루쯤 담가 놓습니다.

물에 담가 놓은 씨앗을 꺼내 껍질이 미끌미끌한 하얀 층과 갈색 두꺼운 껍질, 그리고 땅콩 속 껍질처럼 얇은 막을 조심스럽게 조금 벗겨 내면 뽀얀 속살이 나옵니다. 이 상태로 수건이나 종이 행주, 솜 등에 물을 충분히 적셔 갓난아기를 요람에 잠재우듯 덮어주고 그 속에 하루쯤 더 불려줍니다.

씨앗이 물에 계속 잠겨 있으면 부패가 잘 되더군요. 하루나 이틀 후 껍질을 벗겨 내면 금관을 장식하는 곡옥이나 캐슈너트처럼 구부

러진 속살의 씨앗이 나옵니다.

반쯤 벗기거나 완전히 벗겨 낸 씨앗을 하루쯤 거기 더 덮어 두면 씨앗의 한쪽에 코뿔소나 유니콘, 일각돌고래의 뿔처럼 솟아나는 부분이 나옵니다. 뿌리가 되는 곳입니다.

배수가 잘되는 모판흙에 뿌리가 되는 부분을 아래로 가게 한 후 흙은 아주 살짝 덮어서 심고 3~5일에 한 번 물을 흠뻑 주고 기다리시면 됩니다. 아참 바오밥 나무는 우리나라에서는 온실이나 실내에서만 키울 수 있는데 영상 10도 아래로 내려가게 되면 치명적이라는군요.

잘 키우실 수 있겠지요. 아래 그림 순서처럼 진행하십시오. 인내심이 필요합니다. 얼마나 많이 걸리느냐고요. 하하 비밀입니다. 직접 키워보세요. 짧지만 중독성이 강한 기다림과 설렘이 아주 많이 동반됩니다.

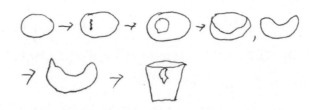

— 지리산자락 심원제에서 박남준 띄웁니다.

눈을 뜨자마자 뒤뜰에 나가 보았다. 우와 싹이 나왔네. 불쑥 흙이 솟아있는 것과 싹을 온전히 흙 밖으로 내민 아이와 모자처럼 반쯤 고개를 내밀어 흙을 뒤집어쓰고 있는 아이들. 얼마나 반가운지. 얼마나 신기하던지…….

이렇게 생겼단 말이지. 바오밥 나무 종류 중에 내가 좋아하는 그랑디디에 바오밥 나무 새싹이 우리 집에서 나오고 있다는 말이지. 내가 유난을 떠는 것일까? 다른 나무들의 새싹도 웃는 아기들처럼 저마다 제 모습으로 예쁠 것인데 말이야.

두 장의 연초록빛 떡잎이 나오고 그다음에는 어린잎이 한

바오밥 나무 새싹

장씩 나오기를 반복하더니 조금 더 자라서 두 잎이 나오고 그러다가 조금 더 자라서 세 잎, 어어 그런데 네 잎은 건너뛰네, 아기 손바닥 같은, 단풍잎처럼 다섯 장을 가진 잎까지 나왔다.『생명의 나무 바오밥』(김기중, 지오북)을 보면 큰 개체들은 바오밥 나무 종류에 따라 조금씩 다르기는 해도 대개 9~11장이 보통이고 드물게는 5~6장의 잎을 가지고 있다고 한다.

바오밥 나무 씨앗(왼쪽)과 장미 씨앗

바오밥 나무 새싹

장미 새싹

그러고 보니 생텍쥐페리 아저씨는 『어린 왕자』에서 왜 바오밥 나무가 어렸을 때 장미와 비슷하게 생겼다고 했을까. 굳이 장미 새싹과 비슷하다면 그거야 장미나 바오밥 나무가 쌍떡잎식물이니 처음 떡잎이 두 장이 나왔을 때는 비슷하다고 할 수가 있겠지만, 그렇다면 손톱에 꽃물을 들이는 봉숭아도 쌍떡잎식물이어서 장미 새싹과 비슷하던 걸 뭐.

바오밥 나무 떡잎은, 아주 두툼해서 잔털이 나 있고 떡잎이 얇은 장미잎과는 참 다르다. 그래 맞다. 틀림없어. 생텍쥐페리는 바오밥 나무를 한 번도 키워보지 않았던 거야. 어린 바오밥 나무를 보았다면 이렇게 쓰지 않았을 거야. 아래 『어린 왕자』의 본문을 보면 틀림없어.

그런데 어린 왕자의 별에는 무서운 씨앗들이 있었다……. 바오밥 나무의 씨앗이었다. 그 별의 땅은 바오밥 나무 씨앗투성이였다. 그런데 바오밥 나무는 너무 늦게 손을 쓰면 영영 없앨 수가 없게 된다. 온통 바오밥 나무가 별을 차지하고는 뿌리를 내리면서 별에 구멍을 뚫는 것이다. 그래서 별은 작은데 바오밥 나무가 너무 많으면 별이 산산조각 나고 마는 것이다.

"그건 규율의 문제야." 훗날 어린 왕자가 말했다. "아침에 몸단장하고 나면 정성 들여 별의 몸단장을 해주어야 해. 규칙적으로 신경을 써서 장미와 구별할 수 있게 되면 바로 그 바오밥 나무를 뽑아줘야 해. 바오밥 나무가 아주 어렸을 때는 장미와 아주 비슷하거든. 그건 귀찮지만 쉬운 일이야."

그리고는 하루는 내게 우리 땅에 사는 어린아이들 머릿속에 꼭 박히도록 예쁜 그림을 하나 그려 보라고 했다. "그 아이들이 언젠가 여행을 할 때, 그게 도움이 될 수도 있을 거야. 할 일을 뒤로 미루는 것이 때로는 아무렇지 않을 수 있지. 하지만 바오밥 나무의 경우에는 그랬다가는 언제나 큰 재난이 따르는 법이야. 게으름뱅이가 살고 있는 어느 별을 알아. 그는 작은 세 그루를 무심히 내버려 두었었지……."

그래서 어린 왕자가 가르쳐 주는 대로 나는 게으름뱅이의 별을 그렸다. 나는 성인군자와 같은 투로 말하기는 싫다. 그러나 바오밥 나무의 위험은 너무도 알려져 있지 않고 소혹성에서 길을 잃게 될 사람이 겪을 위험이 너무도 크기 때문에, 난생 처음으로 그런 조심성을 버리고 이렇게 말하려 한다.

"어린이들이여! 바오밥 나무를 조심하라."

도대체 바오밥 나무가 위험하다니, 어떻게 그런 말이 나올 수 있었을까? 세상의 어린이들에게 바오밥 나무를 조심하라고? 거짓말이다. 이건 분명히 너무나 기가 막히고 터무니없는 경고다. 가짜 뉴스닷! 그래, 시인으로서 나는 정말이지 책임이 있어. 세상의 바오밥 나무에 대한 잘못된 인식을 바로잡아야겠다.

10여 년 전부터 우리 집 작은 돌 수조에는 우포늪의 가시연꽃이 살고 있다. 크고 뾰족한 가시가 잎 위에 불쑥불쑥 솟아 있으며, 잎의 지름이 1~2미터까지 크게 자라는 가시연꽃을 보고 나도 처음에는 괴기스럽다는 생각을 해본 적도 있었다.

어느 날 지인의 집에 갔는데 작은 그릇에 가시연꽃을 꼭 닮은 식물이 꽃을 피우고 있어서 재차 확인했다. 정말 내가 보고 있는 것이 가시연꽃 맞느냐고 물은 것이다. 작은 그릇

가시연꽃

에 살게 되자 자신의 잎을 거기에 맞게 작은 잎으로 줄여 내밀다니, 놀라웠다. 그 가시연꽃 씨앗을 얻어와 키우고 있는 것이다.

가시연꽃의 말

두 팔을 힘껏 펴서 눈금자를 재볼까
우포늪을 간 것이 아니었다
그 큰 잎 쥐라기의 정원을 떠올리게 하는
가시연꽃을 말하는 것이 아니다
화개 부춘 정 아무개의 뜨락
손바닥만 한 그릇 위에서 보았다
못 보았다 욕심에 눈멀었다

팥알 남짓 씨앗 두 개 얻어 돌확에 띄웠다
뿌리가 내리고 떡잎이 나고
세모꼴 뾰족하던 직선이 새 잎을 피울 때마다
동그랗게 조금씩 얼굴을 바꾼다
몰랐다 가시연꽃이 그때마다

살아갈 집의 평수를 꼼꼼히 가늠하고 있다는 것

꺼질듯 한숨도 쉬었겠지 점점이 고통 같은

검붉은 점이 박히고 그 점 박힌 자리마다

어어 이거 봐라 불쑥 거린다

허공을 떠받칠 주추기둥을 세우는가

날선 가시가 돋치더니

저 얕은 물에서도 꽃을 피우네

저 좁은 곳에 맞춰 커다란 잎 고집하지 않네

떠나온 산골 외딴집을 떠올린다

사는 곳 비좁다고 아파트 관 짝이 작다고

함부로 인생을 가늠자 대지마라

가시연꽃에 찔렸나 뼈가 아프다

주변에 살고 있는 다른 식물들을 위해 가지를 넓게 뻗지 않으면서 햇빛을 나누고 있는 바오밥 나무의 배려 깊은 마음을 조금이라도 들여다보았다면, 자신의 몸을 내줘 물을 저장할 수 있게 하는 깊고 넓고 따뜻한 바오밥 나무의 사랑을 알았더라면, 바오밥 나무도 가시연꽃이 주변 환경에 따라서 잎을 키우고 줄이는 것처럼 키를 키우고 줄이며 몸통

그랑디디에 바오밥 나무 2종류

을 홀쭉하게도 뚱뚱하게도 맞게 바꾸어 산다는 것을, 마다가스카르 바오밥 애비뉴에서 본 키 큰 바오밥 나무와 안둠빌 마을의 바오밥 나무 치타카쿠이케가 같은 종류인 그랑디디에 바오밥 나무라는 것을 알았더라면,

생텍쥐페리는 바오밥 나무를 어린 왕자의 작은 별에서도 별에 구멍을 뚫을 정도로 크게 자라지 않고 나무의 크기를 줄여 살며 장미를 위해 물을 나눠주고 뜨거운 한낮에는 그늘 양산이 되어주는 돌보미로 살고 있다고 했을 텐데……

안녕! 어린 바오밥 나무 새싹, 너를 기다려 온 지 오늘이 며칠째인지 알아? 손가락을 꼽으며 하루 이틀 사흘, 다섯 밤이 지났어. 바오밥 나무 새싹 앞에서 네가 지금 태어난 이곳은 네 고향 마다가스카르가 아니고 이차저차 여차저차 프랑스 할아버지 다니엘에게 너희를 선물 받아서 여기까지 오게 된 것이라고 이야기해 주었다.

어린 바오밥 나무 씨앗이 깨어나 작은 잎들을 밀어 올리고 있는 화분 옆에 앉아서, 한 알의 작은 솔씨, 소나무 씨앗이 날아와 커다란 바위와 함께 살아가는, 내가 쓴 「아름다운 관계」라는 시도 들려주었다.

아름다운 관계

바위 위에 소나무가 저렇게 싱싱하다니

사람들은 모르지 처음엔 이끼들도 살 수 없었어

아무것도 키울 수 없는 불모의 바위였지

작은 풀씨들이 날아와 싹을 틔웠지만

이내 말라버리고 말았어

돌도 늙어야 품안이 너른 법

오랜 날이 흘러서야 알게 되었지

그래 아름다운 일이란 때로 늙어갈 수 있기 때문이야

흐르고 흘렀던가

바람에 솔씨 하나 날아와 안겼지

이끼들과 마른 풀들의 틈으로

그 작은 것이 뿌리를 내리다니

비가 오면 바위는 조금이라도 더 빗물을 받으려

굳은 몸을 안타깝게 이리저리 틀었지

사랑이었지 가득 찬 마음으로 일어나는 사랑

그리하여 소나무는 자라서 푸른 그늘을 드리우고

바람을 타고 굽이치는 강물소리 흐르게 하고

문암송

새들을 불러 모아 노랫소리 들려주고

뒤돌아본다

산다는 일이 그런 것이라면

삶의 어느 구비에 나 풀꽃 한 포기를 위해

몸의 한편 내어준 적 있었는가 피워본 적 있었던가

"바오가 사는 여기 이 동매마을에서 멀지 않은 곳에 축지
마을이 있어. 그 마을 위쪽으로 가면 아주 커다란 바위 위
에 뿌리를 내리고 사는 문암송이라는 소나무 이야기야. 천

연기념물로도 지정되어 보호하고 있는 600살이 넘는 할아버지 소나무지. 소나무가 어렸을 때는 커다란 바위가 한 몸이었겠지. 그런데 소나무가 한 뼘 두 뼘 자라고 자라서 커지자 바위가 제 몸에 깃들어 사는 소나무를 위해 스스로를 쪼개고 나누어서 소나무가 살 수 있게 만든 거야.

이 소나무를 내가 처음 만났을 때 바위 위에 올라가서 두 팔을 가득 벌려 껴안으며 뭐라고 그랬는지 알아? 아니 나도 모르게 뭐 '야, 크다' 어쩌다 이런 말이 나온 게 아니라 '아이쿠, 참 장하십니다 그려' 하고 어른들에게 하는 말이 나오는 것이야. 뭐라고 두 팔로 껴안을 수 있으면 그렇게 크지 않겠다고? 아냐 아마 모르기는 해도 한 세 사람쯤이 껴안아야 손이 맞닿을 수 있을 거야."

가도 가도 광활한 아프리카 초원은 아니고 비록 작은 화분이지만 바오밥 나무는 잘 자랄 것이다. 왜냐면 바오밥 나무가 떠나온 고향, 마다가스카르를 그리워하며 외로워할 때마다 내가 바오밥 나무가 태어난 곳을 여행하며 보았던, 바로 바오밥 나무를 닮은 힘차고 싱그러운 초록빛 아이들을 생각하며 쓴 시도 들려줄 테니까 말이야.

"그 아이들이 아프리카 마다가스카르의
어린 왕자임이 틀림없어."

마다가스카르 여행길에서 금발 머리에 노란 목도리 그리고 푸른 망토를 두른 어린 왕자는 보지 못했다. 물론 그곳에는 사막여우도 살지 않아서 당연히 만날 수 없었다. 그러나 생텍쥐페리가 아프리카 모로코의 카사블랑카에서 사하라 사막을 거쳐 세네갈의 다카르까지 운행하는 항공노선의 비행사로 일하다가 추락해서 어린 왕자를 만난 사하라 사막을 가보지는 못했지만, 그가 세네갈에서 본 근육을 잔뜩 키운 보디빌더의 과장된 몸집 같은 바오밥 나무가 아닌, 거룩하고 장엄하여 아름다운 마다가스카르에 사는 바오밥 나무와 여우원숭이와 코끼리발 나무와 배흘림 물병 나무와 다음과 같은 아이들을 만났다.

숯을 만들어 파는 아이를 만났다. 엄마와 모내기를 하는 어린아이를 만났지. 동생과 함께 차가 지나가기를 기다리다 움푹움푹 구덩이처럼 길이 파인 곳에 흙을 한 삽 떠넣으며 손을 내밀고 쑥스러운 듯 그러나 맑고 밝은 웃음이 가득한 아이를 만났어. 무거운 짐을 메고 가다가도 흙먼지를 날리는 차를 향해 환한 얼굴로 손을 흔들어 주는 아이들을 보았지. 그 아이들이 바로 아프리카의, 마다가스카르의 어린 왕자임이 틀림없었다.

먼동은 멀다 멀기만 한데

걷거나 달린다

물통 가득 물길어 간다 인력거 자전거

간밤을 다듬었을 야윈 손에

채소며 돈이 될 만한 노동

이고 지고 양손 가득 들었다

깜깜한 장터가 퍼덕펄떡

꿈틀거리는 소란으로 싱싱하다

얼기설기 흙벽이며 지붕을 비집고

그도 안쓰러웠을 것이다

별빛은 찾아와서 뒤척이는 잠자리

뜬 눈으로 살폈을 것이다

차라리 짐짝이었을

게딱지 성냥갑

몸을 누이면 발가락은 맞닿아

간지러웠을 것이다

저 작은 집에서 어미를 따라 나들이하는

새끼 오리 떼가 줄줄이 줄줄이

날갯죽지 기지개를 활짝 켠다

아프리카가 걸어 나온다

마다가스카르 새벽이 홰를 치고

날이 밝는다

—「마다가스카르가 밝는다」

바오밥 나무에게 길들여진 것인가? 아니면 내가 길들인 것인가? 어찌 되었든 나는 내 어린 바오밥 나무에 대해 책임이 있어.

어제 아침 일이다. 나는 싱싱한 새잎을 피워 올리고 있는 어린 바오밥 나무에 다가가 인사를 건넸다.

"안녕? 어린 바오밥 나무!"

"뭐라고요? 자꾸 어린 바오밥, 어린 바오밥 나무야 이렇게 부르지 말고 이름을 불러줘요. 이르~음~."

나는 약간 장난기가 섞인 얼굴로 말했다.

"이름이라고? 음 고뤠. ♬~ 너는 아직 마다가스카르 안둠빌 마을 뒤편에 사는 그 어마어마하게 큰 거룩하고 장엄한

x

할아버지 바오밥 나무의 이름인 치타카쿠이케 '다른 쪽에서 울음소리를 들을 수 없는 나무'나 그 할아버지의 친구였다는 '다른 쪽에서 노래를 부르면 우리는 그 노래를 들을 수 없는 나무'보다 아주아주 훨씬 까마득히 어리니까 바오밥까지는 아니고 바오라고 부르면 어때?"

"바오? 바오라고, 그래 좋아요. 바오~. 야, 나도 이제 이름이 생겼네 우와왕~."

"그래, 안녕? 바오!"

"네. 그런데 나는 뭐라고 불러요?"

"뭐라고?"

"응, 그러니까 하얀 머리 당신을 뭐라고 부르냐고요."

"음 뭐라고 불러달라고 할까? 고민이네. 아빠라고 부르면 낯 간지럽고 아저씨는 너무 먼 느낌인데……. 아, 내 친구들도 이제 모두 할아버지가 되었으니까 할아버지가 좋겠다. 그런데 그냥 할아버지가 아니고 할아버지 친구라고 불러. 어때? 할아버지 친구!"

"그래요. 할아버지 친구. 그런데 너무 심심해요. 시인이라면서 내 할아버지 바오밥 나무들처럼 '다른 쪽에서 울음소리를 들을 수 없는 나무' 뭐 그런 이름은 없어요?"

"음 내가 인터넷에서는 동매마을에 산다고 마을 이름을 풀어서 '동쪽 매화'라고 쓰는데 그걸로 할까, 아니면 작은 나무라는 시를 쓸 때 그런 나무들이 등 기대어 살 수 있는 '낮은 언덕'이 되었으면 바란 적이 있다고 했는데 '낮은 언덕'이라고 할까.

고민이네. 잠깐만… '동쪽 매화' '낮은 언덕' 바오가 나를 '하얀 머리' 당신을 어떻게 부르냐고 한 '하얀 머리'를 빌려와서 '하얀 언덕' 이렇게 부를까? 아니다 '하얀 언덕'은 김민기 씨가 작곡한 노래 제목으로 그게 개 이름 '백구'가 있는데 워리워리 백구~, 한자는 언덕 구, 개 구, 다르지만 안 되겠다. 어린 바오가 등 기대어 살 수 있는 '낮은 언덕'이라고 부르자. '낮은 언덕.' ^^

옛 선비들이 처마 끝 뜨락에 심고 그 청아한 소리를 청했다는 파초잎에 비 드는 소리가 아니라 투다다닥 양철지붕을 때리는 빗소리에 잠이 깼다. 태풍이 온다니 비설거지가 아니라 태풍 설거지를 단단히 해야겠네.

뒷마당으로 가는데 여기저기 나무며 풀잎 줄기에 매달려 등줄기를 찢고 빠져나간 금선 탈각의 흔적들, 그리고 바닥에 아니 어린 바오 근처에 누워있는 매미, 참매미인가, 애매미인가, 그런데 너, 네 생애를 건 사랑은 다 완성한 거니? 이 매미의 다음 생애쯤이면 우리 집 바오의 가지에서도 매미가 찾아와 시원한 여름의 노래를 들려줄 수 있을까?

큰비가 온다고 했는데 바오가 태어난 후 처음으로 오는 비다. 아직은 마당에 바람이 크게 일지 않아서 잠시 비를 맞아보라고 화분을 앞마당으로 내놓으며 말했다.

"바오야, 지금 네 몸을 두드리는 것은 언젠가는 네가 아버지와 할아버지처럼 자라면서 몸 안 가득 품어야 할 하늘에

서 내려오는 물, 비라고 부른단다. 이렇게 비가 오고 바람이 부는 것은 태풍 때문인데 네가 씨앗이었을 때 떠나온 고향, 마다가스카르에서도 이처럼 큰비를 몰고 오는 사나운 바람을 사이클론이라고 부른단다.

그리고 지금은 여름이지만 계절이 바뀌어 가을이 지나고 겨울이 되면 이 빗방울은 네가 왔던 나라 마다가스카르의 겨울에는 볼 수 없는 하얀 솜털 같은, 네가 이다음에 어른이 되면 피우게 될 꽃처럼 하얀, 눈으로 바뀌어 내리지.

너는 따뜻한 나라에서 왔기 때문에 눈을 몸에 맞으면 안 되니까 겨울이 오면 내가 잠을 자고 시를 쓰는 방에서 나와 함께 살아야 해. 눈 내리는 겨울이 되면 내가 창가에 데리고 가서 그 눈도 보여줄게."

바오와 함께 살며 일기를, 그러니까 육아일지 아니 육묘일지를 쓰기 시작했다.

햇볕이 쨍쨍거리다 후두둑 거린다.
"바오야 이렇게 햇볕이 나다가 갑자기 바람이 새까만 먹구름을 몰고 오며 뿌리는 비를 소나기라고 한단다. 너도 한번 소나기를 맞아봐. 직접 맞아보니 어때? 이게 소나기라는 비야. 내가 어렸을 때 이렇게 더운 여름날 소나기가 오면 동생과 함께 옷을 홀딱 벗고 마당을 깔깔거리며 뛰어다녔단다. 물론 감기 든다며 엄마한테 꾸중을 들었지만 말이야.

그리고 소나기가 그치면 마을 뒷산에서 짠~ 하고 무지개가 나타났단다. 무지개가 뭐냐고? 음, 무지개는 말이야. 하늘에 걸리는 빨주노초파남보 하늘나라 선녀님들이 건너간다는 일곱 빛깔 고운 다리야. 뭐? 선녀가 뭐냐고? 아이참, 선녀……. 음, 선녀는 말이야. 하늘나라에 사는 사람인데, 흠흠 그러니까 에이 지금은 바빠서 다음에 이야기해 줄게. ^☆"

바오 키가 쑤~욱~ 커졌다. 화분을 옮겨줘야겠다.

"이런, 뿌리가 화분 밖으로 튀어나온 것을 몰랐네. 미안 미안. 아, 정말 미안하다."

인터넷을 뒤지고 주문을 했다. 며칠이 걸려서야 큰 화분이 도착했다. 하동읍 내에 가서 화분 흙을 한 자루 사다가 텃밭에 있는 흙과 섞어서 부랴부랴 분갈이했다. 그간 얼마나 답답했을까.

"야 너 왜 말하지 않았어, 왜 말하지 않았냐고ㅡ;;"

입추가 지났다. 가을이 올 것이다. 나무들의 초록이 붉고 노란 단장으로 곱디고울 것이다. 바오에게 단풍이 오는 가을을 보여주며 무슨 말을 들려줘야 할까? 벌써부터 고민이 되네. 아이를 낳고 키우기는커녕, 결혼도 하지 않고 백발의 나이가 된 내가 마치 아이를 낳고 키우는 것 같다.

뜰 안에 심어놓은 차나무, 차꽃이 피었다. 하얗게 수줍은 듯 고개를 숙이고 있는 차꽃을 따다가 바오에게 보여줬다.

"바오야, 차나무가 피워올린 꽃이야. 너도 어서 무럭무럭 자라서 꽃을 피워 봐. 네 꽃도 이 꽃처럼 하얀색인데 이보다

차나무 꽃

훨씬 큰 꽃이야. 봐라, 내 주먹보다 더 커."

아이가 배냇짓을 시작할 때 영혼이 다 녹아버리는 것 같다는 말이 이해되었다. 옹알이를 하고 아기가 몸을 뒤집기에 처음 성공하는 것을 본 것처럼, 아장아장 뒤뚱뒤뚱 걸음마를 시작한 것을 보며 함빡 웃고 손뼉 치는 것처럼, 한 뼘 또 한 뼘 자라는 바오를 보면 두근거린다. 눈을 뜨는 아침이 설렌다.

날이 무척 쌀쌀해졌다. 어린 바오를 방안에 들여놓았다. 햇볕도 잘 들어오지 않는 방안에서 키웠더니 새로 나온 작은 잎이 누렇게 물이 들고 시들거린다. 아파트 베란다와는 달리 시골집이라서 해가 들어오지 않는 방인데, 햇빛을 못

잎이 누렇게 변한 바오

봐서 그러나?

그간 네 말 귀 기울이지 못했다.

"미안해, 바오야."

안 되겠다. 비닐하우스 온실이라도 만들어줘야겠다. 미니
온실, 인터넷을 뒤져보기도 했다. 비용도 만만치 않을뿐더러
바오도 살 수 있는 내 텃밭에 맞는 크기의 상품이 없다. 아
랫동네 친구 취현과 상의했다. 섬진강 건너 텃밭도서관 농
부 형에게도 물어봤다. 트럭을 빌려 자재를 사 오고 친구와
함께 뚝딱뚝딱~.

"아 거 넘 대충 아녀?"

일당 없는 친구가 대충 설렁 일을 삐그덕거린다.

바오를 위한 비닐하우스

"거 참 성의 있게 좀 해봐~."

각목으로 온실 기둥 틀을 만들고 비닐을 씌운 후 뽁뽁이도 덧대었다. 내 잔소리를 잔뜩 노래 삼은 우리 집 텃밭에 작은 온실이 생겼다.

첫눈이 밤새 소복하게 내렸다. 몇 년 만이야. 첫눈이 함박눈으로 이렇게 함빡 내리다니. 아침에 온실에 들어가 바오에게 첫눈에 대해 들려주었다. 마다가스카르에 있는 할아버지 바오밥 나무는 몇천 년 동안 한 번도 본 적이 없는 눈을 한 뭉치 가져가 보여주며 말했다.

"차가울 텐데 한번 만져볼래? ㅎㅎ 겨울이 오면 창가에 나가 보여준다고 했지. 눈이라는 거야. 첫눈이야. 첫눈, 하늘에서 내려오는 하얀 꽃송이~."

나는 바오에게 첫눈을 보여주며 노래를 불러주었다. 펄펄 눈이 옵니다. 동요도 들려주고 옛사랑을 떠나보내며 썼던 시, 가수 한보리와 박창근이 각각 작곡해서 부른 노래, 원래 제목은 '당신이 첫눈으로 오시면 나는 손톱 끝에 봉숭아 꽃물 들이고서'라는 긴 제목이었지만 나중에 '당신 첫눈'으로 바꾼 시 노래도 들려주었다.

첫눈이 오시는 날

당신이 떠나가던

멀어가던 발자국 발자국

하얀 눈길에는 먼 기다림이 남아

노을 노을졌네

붉게 타던 봉숭아꽃물 손톱 끝에 매달려

이렇게 가물거리는데

당신이 내게 오시며 새겨놓으실

하얀 눈길 위 발자국

어디쯤인가요

눈이 왔으면 좋겠어

첫눈이 왔으면 좋겠어

"바오야 바오야~. 오늘은 대봉감을 깎아 처마 밑에 주렁
주렁 주홍빛 꽃 등불을 내걸어서 집 단장을 하는 곶감을 만
드는 날이야."

"바오야 겨울을 보낼 준비를 해야 하는데 장작도 쌓아놓
아 말려야 하고 말이야. 무밭에 무를 뽑아서 동치미도 담아
야 해. 너 때문에 만들기는 했지만, 온실이 있으니 이렇게 겨

146

겨울 준비 장작(위)과 동치미

울에도 싱싱한 고추를 따서 동치미에 넣을 수 있다니 와우~ 올해는 바오 덕분에 별 신기한 경험을 다 하네. 고마워, 바오 ^^."

지금은 새로운 잎을 밀어 올리지 않고 생장 활동을 멈춘 채 겨울잠을 자는 우리나라의 겨울나무들과 같은 상태이기는 하지만, 열대지방에서 사는 애라서 난방을 따로 해주지 않았는데 작은 비닐 온실에서 바오가 견딜 수 있을까. 무밭에 사용하던 못자리용 보온덮개를 온실 안에 서너 겹 더 둘러주며 바오에게 말했다.

"네 고향 마다가스카르에도 겨울이 있는데 그곳에는 가장 추운 겨울 날씨가 영상 10도쯤이래. 씨앗이었던 너를 데려오던 날에도 영상 9도였지. 그런데 여긴 영상이 아니라 영하 10도쯤 내려가는 추운 날도 10여 일 계속되기도 한단다. 우리 잘 견뎌보자. 응, 알았지?"

바오가 겨울 잠을 자는 동안 나, 낮은 언덕은 능력이 없어서 동화는 못 쓰고 대신 동시를 한 편 썼다. 봄이 와서 바오가 기지개를 켜며 겨울잠이 깨면 들려줘야지.

울퉁불퉁 뚱뚱 바오는 어린 바오밥 나무래요 ^^

아프리카 마다가스카르에는
신비하고 놀라운 바오밥 나무가 살고 있어요

오늘도 아이들이 어린 바오밥 나무
바오를 둘러싸고 놀려대네요.

울퉁불퉁 뚱뚱돼지 ♬~
뚱뚱돼지 울퉁불퉁 ♬~

엄마가 친구를 놀려대면
나쁜 짓이라고 했는데 말이에요.
화내지 않는 어린 바오밥 나무 바오,
울지 않는 어린 바오밥 나무라고요?
아니에요
화가 나기도 했어요.
으앙앙 울고도 싶었고요.
놀려대던 친구들이 돌아가고 혼자 남으면

어린 바오밥 나무 바오는 울음소리를 삼키며

울기도 많이 울었어요.

친구들의 놀림 때문에 쓰러지지 않았어요.

울퉁불퉁 뚱뚱한 모습 부끄러워하지 않았어요.

어린 바오는 거룩하고 장엄한

할아버지 바오밥 나무가 말씀하신 대로

엄마 아빠 바오밥 나무처럼

날마다 뿌리에서 물을 길어 올려

뚱뚱한 몸집을 더 뚱뚱 키웠습니다.

바오의 꿋꿋한 모습을 보며

바오가 슬퍼할 때 다가와 등 다독여주던

코끼리발나무도

바오가 울음을 삼키며 울 때

손 내밀어 눈물을 닦아주던 물병나무도

불뚝 불뚝 배불뚝이♪~

불뚝 불뚝 배불뚝이♪~

배불뚝이가 되어

몸 안에 물을 가득 담았습니다.

바오를 닮아갔습니다.

그런데 바오의 몸이 점점 이상해지네요.

바오가 사는 곳은

다른 바오밥 나무들이 사는 곳과 다른 곳입니다.

옛날에 바다였다고 하는데요

사나운 바람에 뽑힌 바오밥 나무 밑을 살펴보면

바위에 따개비 같은 조개껍질들이

와다다닥 다닥다닥 붙어있어요.

바로 그거에요.

이 땅에는 짜디짠 소금이 들어있다는 것이죠.

마치 짠 음식을 많이 먹은 우리집 냐옹이 콧털의 아랫배가

자꾸자꾸 뚱뚱해지는 것처럼 말이에요.

바오의 몸도 콧털과 똑같이 키는 커지지 않고

몸만 자꾸 뚱뚱해지고 있는 거죠.

날마다 비가 와요.

바람이 새까만 구름을 잔뜩 데리고 왔어요.

번쩍 뿌지직 꽈르릉

천둥과 벼락이 치는 소리를 듣고 보며

하늘은 참 뿡뿡 뿡뿡 나보다 더

시끄럽고 요란하게

방귀를 뀐다고 생각했어요.

물이 가슴까지 차오르는 계절 우기가 되었어요.

바오는 걱정하지 않았습니다.

바오는 불평하지 않았습니다.

눈에 띄게 뚱뚱해지는 몸에 바오는

날마다 물을 가득 부어 넣었습니다.

무슨 냄새가 나지 않아요?

어어 저거 연기 아녜요?

큰일 났다. 큰일 났어.

산불이에요 산불, 산불이 났어요.

아까 사람들이 왔다갔다 했는데

그 사람들이 농사를 짓기 위해 또 불을 질렀나 봐요.

어떻게 해요. 어쩌면 좋아요.

여기저기 비명이 들려요.

풀숲의 둥지 속에서 엄마 새를 기다리는 아기 새들도

꽃향기를 찾아왔던 예쁜 나비도

어쩔 줄 모르고 발을 동동 굴렀습니다.

이리저리 허둥대며 도망을 가다가

넘어지고 쓰러지고 다쳤습니다.

바오 옆에 살던 다른 나무 친구들도 불에 탔습니다.

그런데 바오는 뚱뚱한 몸에

코끼리 아저씨 소방차처럼

물을 많이 담고 있었기 때문에

무서운 산불 속에서도 살아남았습니다.

바오를 흉보지 않고 친구가 되어준

배불뚝 불뚝 코끼리발 나무도

배불뚝 불뚝 물병나무도 살아남았습니다.

아무리 바쁜 일이 생겨도

몸 안 가득 물을 채워놓아야 한다는

할아버지 바오밥 나무와

엄마 아빠 바오밥 나무와 꼭꼭 걸어라

새끼손가락을 걸었던 약속은

정말정말 지켰던 것입니다.

바오밥 나무로 태어나서 해야 할 일을

잊지 않았습니다.

비가 오지 않는 계절 건기가 되었습니다.

오랫동안 비가 오지 않았습니다.

땅바닥이 갈라지고 초록빛 풀들이 누렇게 말랐습니다.

코끼리새가 사라졌습니다.

알락꼬리 여우원숭이와 귀여운 변덕쟁이 카멜레온이

물을 찾아 떠났습니다

나무들이, 마을 아이들이 시름시름 병들어갔습니다.

뚱뚱한 바오가 말했습니다.

내 몸에 구멍을 뚫어 물을 얻으세요.

할아버지 바오밥 나무가 말씀하셨어요.

최선을 다한 후 간절하게 기도하는 삶을

살아야 한다고 했어요.

언젠가 왜 몸 안에 물을 길어 올리는 일이 중요한지

멈추지 않아야 하는지

제가 해야 할 일을 스스로 알게 될 것이라고 했는데

바로 이와 같은 일이군요.

밤늦도록 사람들이 바오의 한쪽 몸에 깊은 구멍을 파놓고

집으로 돌아갔습니다.

어른이 된 바오는 두손을 모아 기도드렸습니다.

감사합니다. 감사합니다.

나를 나누는 기쁨을 알게 해주시는 모든 이들이여!

그 크나큰 사랑이여! 고맙습니다.

사람들이 파놓고 간 구멍에

또르릉 톡 또르로롱

물이 고이기 시작했습니다.

밤마다 바오의 나뭇가지에 내려와 노래하던

별들도 하나 둘, 은하수를 길어와

풍당풍당 퐁퐁퐁 물을 채워갔습니다.

다음 날 아침 사람들이 모여들었습니다.

바오의 몸에 난 구멍에 우왕~

지친 마을 사람들이 쉽게- 올라오라고

해와 달과 별들이 밤새

일곱 빛깔 무지개다리를 걸어놓았네요.

그 안을 들여다보았습니다

별처럼 반짝이는 물이 가득 고여있습니다.

사랑과 감사의 마음으로 다 함께 그 물을 나눴습니다.

고맙습니다. 고개 숙였습니다.

오래오래 아껴주며 살펴주었습니다.

울퉁불퉁 뚱뚱돼지

뚱뚱돼지 울퉁불퉁

놀림감이 된 바오가 우는 소리를 들키지 않기 위해

울음을 삼키며 울었던 그 어린나무,

'다른 쪽에서 울음소리를 들을 수 없는 나무'라는 이름을 가진,

아프리카 마다가스카르에는 하늘만큼 땅만큼

나이가 이천살이 넘는

바오밥 할아버지 바오가 살고 있어요.

바오가 이 겨울을 잘 건너갔으면 좋겠다. 왕겨라도 한 가마 구해서 온실 바닥에 깔아줘야겠다. 조금은 도움이 되겠지. 그리하여 내년 봄 바오에게 매화꽃도 보여주고 황금빛 노란 눈새기꽃, 보랏빛 깽깽이풀꽃도 보여주고 싶다.

"바오야 바오야~ 네게 차나무꽃이라고 보여준 적이 있지. 그 차나무들이 사는 저기 보이는 앞산, 형제봉 너머 차밭에 가서 찻잎을 따다가 지리산 첫물 녹차를 만드는 봄날이 왔어."

겨울잠을 자는 바오를 깨우며 이런 말을 들려주고 싶다. 온실 문을 열고 나가 바오에게 내년 봄 불어오는 싱싱한 연초록빛 봄바람을 느끼게 해주고 싶다.

"바오야 바오야~ 바오야 바오야~ 이렇게 자꾸 바오 이름을 부르다가는 혹시 바오 이름이 다 닳아버릴지도 몰라."

"바오야, 안녕?."

"응, 낮은 언덕도 안녕?"

나는 바오 앞에 앉아 가슴에 꽂혀있는 안테나를 보여주며 이렇게 말했다.

"우리는 모두 연결되어 있어. 너의 슬픔이 나에게,
 너의 외로움과 쓸쓸함도 나에게 연결되어 있지.
 내가 너를 얼마나 사랑하는지도 이내 알게 될 거야.
 거봐 그래. 벌써 알고 있었던 거지. 바오!!!" ♡❤♪~